戲劇浮生

黎耀祥論演技與人生

一增訂本一

黎耀祥 著

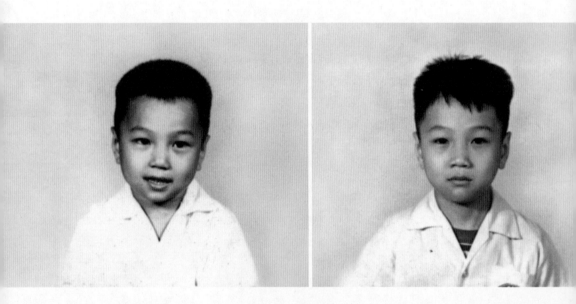

黎耀祥的四個階段（左起）：三歲、六歲、十二歲與十七歲。

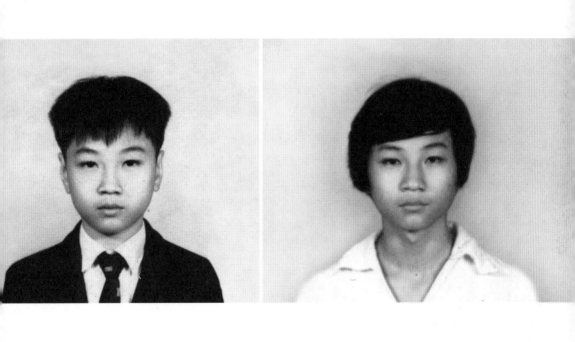

11 歲（左五），小學旅行。

中學四年級（中間）上世界歷史課。

中學四年級（右一）學校天台練習空手道。

1985 年，第三期演員進修班（前排穿背心）。

目錄

有緣再序
記於六年之後

時光荏苒，匆匆六年。記得這書初版之時，才初登主角之門不久，更得幸運之神眷顧，奪得「視帝」之銜，可說是人生中的一個重要里程碑。往後更有自己偏愛的作品《巾幗梟雄之義海豪情》，三奪視帝的作品《大太監》，但亦有更多平庸甚至不堪入目之作品；起起落落，輾轉反覆地走過這六年，不禁由心底裡慨嘆一句：登天難，演戲更難！這書最初得以面世，必須要再三感激羅展鳳小姐之熱心和誠意，而今次再版，亦要再次多謝三聯書店和讀者們的支持和厚愛。

藉此再版之時，正好再次檢視自己這段演藝之路；從多年前一鼓作氣，帶著一份赤子之心的熱情寫下多篇文章，到現在，千帆過盡、冷靜沉澱之後，真的是別有一番滋味在心頭！三屆視帝的冠冕並沒有如其他人想像的一樣，令我演技跨前一大步。

名銜在不同的人眼中有不同的看法。於我而言，名銜就像是一隻雛鳥被賜予強壯的翅膀，讓我有高飛的機會，能夠接觸到不同的新事物，令我演技提升至更加成熟精湛的境界；但驀然回首，才驚覺這只是一個不切實際的憧憬，排山倒海的工作、訪問、宣傳、活動、糾纏不清的瑣事，教人心力交瘁；生活方式的改變令人措手不及，心和生活的距離更漸漸拉遠，如墮五里霧中，捉不住自己的感覺，更捉不住演戲的真情實感，這成功就好像換來了身心的一片空白，於此，不禁令我想起訓練班老師說過的「演

員的三個狀態」：心境保持平靜、注意力集中、想像力豐富。其實，演員演出的時候都要謹記這三個狀態，無論你是新舊演員，即使經驗再豐富也不能偏離這基本的軌跡，否則，只會愈走愈遠，萬劫不復。

失去對生活的熱情就等同失去自己的觸覺，遺忘生活就等同遺忘自己，所以，演員必須每分每秒保持著對生活和生命的熱愛，否則，就只是一個沒有靈魂的軀殼。名銜，只會令人成為一個明星，而不會令人成為一個演員。

兜兜轉轉，尋尋覓覓，又再還原基本步，重新思考演戲的目的，再從頭出發。演戲的過程和結果都是求「真」，因為只有「真」才能感動人，但不同的表演就會有不同的「真」，電視演出更要面對一個獨特的難題，就是電視的表演是介乎於舞台和電影之間的一種形式，既比舞台真實但又不如電影；舞台的場景和空間甚至表演，有時會因場地所限而變得抽象，相比之下，電視會較為像真。對！是「像」真而不是全真，因為在表演過程中要考慮所有觀眾的接收和集中的程度，觀眾觀看時的習慣和時間，所以，有些表情對白難免會偏離真實，但「演」得太多會變成虛假，「演」得太少觀眾又會不明所以，怎樣做到像真不像假，明白又不太「白」，當中其實沒有一個必勝的方法，能夠做的就是思考、思考、再思考，然後試驗、試驗、再試驗。

溫故可以知新，關於演員的工作還是有些補充的：除了演出的技術之外，演員的問題還是應該回歸到「人的思維邏輯」的方面；演員的虛假最主要在於演員有劇本在手，預知自己要說的話和將會遇到的事情反應，這和真實世界的情況完全相反矛盾；我們

從來不會知道下一分鐘會發生什麼事情和自己將會說的話，所以，在演出過程當中，重組真實生活的順序，就變成演員的主要任務。

人的反應神經系統，當中傳送的過程，我認為就好像一站接一站的旅程，例如，大腦要通知手去拿一個杯子，由大腦發出信息到達手的距離，可能是由幾百個「通訊站」組成，甚至是更多更多的站。人的每一個反應動作和思維邏輯都是經過這樣的過程而完成，只是我們的神經傳送以極速的方法辦妥，我們才不察覺站和站之間的存在；所以，有些人會因為一些病，而令到站和站之間的聯繫出現問題，導致身體動作不協調，或是動作出現時間的延誤，又或是想的和做出來的不配合；由此可知，演員要演出接近真實，必先要建立一個思維順序，這順序要由無數個通訊站組成，站建立得愈多，像真度就愈高。而在建站的程序中，又分「前期」和「後期」的工作；前者就是在看劇本的同時，找出思想行為的順序，即什麼的感受、什麼的判斷、什麼的反應，在每個項目中都細分不同的站，然後再模擬現實中的真實情況，在腦海中預演一次，就好像自己站在旁邊看事情在發生一樣，確實尋找真實的「案件重演」，確定之後就要進入「後期」的工作，所謂「後期」就是演出的當下，演員要從第一個站開始，順序地一站一站地演下去，專注集中，確保當中沒有跳過任何一個程序，在一站過一站的同時要準備下一站的到來，生生不息、連綿不斷，但整個過程亦要像我們的神經系統一樣以極速完成任務。當然，適度的調整在「前後期」中都是會不停地出現。

這書綜合了我多年的觀影和演出經驗，嘗試探索演員演出時的狀態和拆解表演技巧中的每一個細節，從而希望找出一條通往完美

12

無瑕的演技之路。對於很多門外漢或戲劇愛好者來說，相信這書會是一本頗有趣味的入門指南，不過，關於演戲，還有很多很多事情需要思考和試驗的。在演戲的創作過程中，總會遇到千變萬化的難題和陷阱；設定的演出和出來的效果出現落差，不同場次剪接合成之後出現意想不到的錯誤，要做到一個近乎完美的演出，只能夠用一句老生常談的說話作結：學海無涯，唯勤是岸。

自序
戲劇世界，如夢人生

人生是一段奇妙的旅程，不知道從何時開始，也不知道在那裡終結。在這段旅程當中，我們都要經歷自己的故事，也要參與別人的故事。

演戲對我來說，是通過經歷別人的故事反覆參透自己的人生。戲中的喜怒哀樂，現實中的悲歡離合，殊途同歸。無奈的依舊無奈，迷惘的同樣迷惘，但路仍是要走下去，要經歷的還是需要經歷，不知道答案埋藏在什麼地方，只知道問題永遠就在前面。提出問題，反覆思量，是人生唯一有意義的方向，雖然，最終可能依然一無所有，但寶貴的經驗，卻是千金難求，又或者，我們一生所追求的，就是我們所經歷的。戲裡戲外，情假情真，到頭來連真假都再也分不開，只希望曲終人散之後，靈魂深處滿載著多彩多姿的故事。

看了諾貝爾物理學獎得主高錕教授的專輯，彷彿是另一場的頓悟。他曾經發現了世人所不知的東西，然而，如今世人都知道了，他卻變得什麼都不知道；如今世人永遠都會記住他，但他卻連自己也忘記了。

世事往往是充滿了矛盾與諷刺，參不透，看不通。此時此刻，不求大徹大悟，只想緊緊擁抱——那有血有淚的戲劇世界，和那虛無飄緲的如夢人生。

14

訪談
一個演員對演出與生命的反思

三料視帝出爐,人人眼中是紅得發紫的黎耀祥,彷彿是另一個種善因得善果的果報。

然而,觀眾眼中的黎耀祥從來是片面的。他的演出,是經過多年思考,做足功課,有根有據;看他撰寫有關戲劇藝術的欣賞與分析文字,你得由衷佩服他對演戲與人生的思考如此深刻,並能以簡潔的文字準確表達。黎耀祥有自己一套的思想,觀眾要進一步認識他,大可從這篇兩萬字的訪問開始。

訪問日期為 2009 年 11 月 22 日晚上,也是無綫電視「萬千星輝頒獎典禮」前夕,外間對黎耀祥即將取得視帝鬧得熱烘烘的,任何人大抵會因此心雄或飄飄然,然而眼前的黎耀祥卻沒有半分如斯表現。

這天說話的,不是直腸直肚、思想簡單、大開大合的「柴九」。而是心思細密,說話有力,明顯早對有關問題已有想法與觀點的嚴肅演員。

執筆撰寫這篇訪問文章已是黎耀祥取得三料視帝的 12 月,再次整理整個訪問,更加可以篤定,與其說黎耀祥今天揚眉吐氣,毋寧說,黎耀祥是演藝界的驕傲。

黎：黎耀祥　　問：羅展鳳

從「柴九」説起

問：因為《巾幗梟雄》（2009）「柴九」這個角色，近幾個月來，黎耀祥有沒有什麼改變？
黎：多了工作吧，也要應酬多些人。但心態上，比自己想像中的變化來得少。

問：你是説內在還是外在？
黎：兩樣也是。其實我也不時在想這個問題，究竟發生了什麼事呢？我是個喜歡將自己當作實驗品的人，又愛抽身地看自己的變化，才發現原來自己追求的成功感和滿足感真的不在這些地方。

為什麼《巾幗梟雄》會成功到現在，或者臨近「萬千星輝頒獎典禮」時，我像是很「紅」，每日都可以「見報」。但這是不是給我很大的滿足感？原來不，其實我的滿足感早已取得了，早在《巾幗梟雄》最後一集在愉景新城跟觀眾一起看大結局時，整件事更已經圓滿結束了。

我現在很「紅」，但這是一個終點嗎？不是嘛！很多人找我工作，這又是一個終點？也不是嘛！就是真的拿到「視帝」，就是一個終點嗎？亦不是嘛！所以有人問我緊張不緊張，我真的不緊張；又問我在乎不在乎，我真的不在乎。為什麼呢？因為我已「拿」了。《巾幗梟雄》的成績我已「拿」了，早就贏了。得到獎自然開心，不過，我更早已經肯定了自己的成績。

《巾幗梟雄》成功，我拿了第一，已衝了終點線。難道現在還需要問別人自己是不是已經衝線？不用的，根本不需要別人再告訴我。同樣道理，你考了第一就是第一，派成績表時是第一；那還需要隔一個月、隔三個月再問人自己是否拿到第一？又或者要不斷告訴別人自己拿了第一嗎？那不會嘛！

問：那你會不會覺得有第二個考試快將來臨呢？可會為了這次「第一」感到壓力？
黎：這一行很有趣，考了第一就是考了第一。做演員最難與做人最難的，就是肯定自己的價值。以前有什麼不安的，就是因為未肯定自己的價值。尤其是我較為特別，別人讚賞我哪部戲演得好，但好就是好，又有什麼特別呢？反正公司又沒有特別重視你，外面的市場又沒有特別重視你，你又得不到什麼，那我是不是真的好呢？始終存疑。

所以，以前就是演得好，自己還是不知道的，因為還未得到廣泛的認同。以前的好就好像是班內試考第一，或者校內試考第一，但出到外面比試，還未知道自己是否第一；於是就會有追求，有不安，不斷問自己是不是做得好。現在不用了，全香港的人都說給你知，你在公開試考了第一。

我很明白這個世界，沒有人能夠一輩子都站在高峰之上，上了山就要下山，日出日落，是必然的，所以我不會有壓力。下一個獎我必定拿不到，就是下一個獎也能拿到手的話，再下一個獎也必定拿不到，終會有一次是失敗的、是被人批評的，這是自然現象，我並不覺得是壓力、緊張或考驗，這只是自然的定律。我常常覺得人要明白什麼是「自然」，我很明白這回事。

問：這幾個月，跟紅頂白和勢利眼等事情都看得特別清楚嗎？

黎：是的。但我一向都知道「這些」的存在，其實不是現在才有。我一向都不介意，跟紅頂白也只是另一個價值觀，不需要覺得有什麼問題，我自己也覺得這沒有問題。因為，你總得看穿世情。

自從經歷過《西遊記》(1996)一劇之後，其實我也「紅」過一段時間，因為當中的「豬八戒」一角真的很受歡迎，當時很多傳媒訪問我，但劇集過後，時間久了，就沒有了，記者們都不會再理你，拍照也不會再找你。於是，我想通了，每次拍完戲，拍完大合照，做完宣傳或公司要我做的事後，我就離開，因為完成了那個形式就行了，我可以快快換掉衣服回家。如果大家有誠意找我做訪問，可以打電話給我，而不需要我在那裡等，又或者沾邊兒和主角合照，「博」出鏡，這些都是不需要的。

那時候我可謂大步踏過心理關口，令我看通事情究竟，到現在，已覺得沒所謂了。即使「柴九」今天如何「紅」，下一年就再沒有人理我了，沒所謂的。下一年又會有另一個人「紅」，又會有另一套劇集 hit，大家又一窩蜂地圍在那裡，這是必然的。

問：但你有沒有想過，要維持一個步步上升的狀態，如劉德華般？

黎：不是每個人也可以的，我相信劉德華自己也很辛苦，加上我是一個很懶惰的人。我的勤力，只放在拍劇集上。

戲劇與人生

問：有關演戲的藝術與看法，其實你在書裡已經寫得很仔細。這次訪問，除了作點點補充，反而很想聊聊你的演藝經歷，和人生

經驗等話題。有時看到你的文章，發現真的可以推到生命的層次，再去思考。

黎：寫這本書，是希望其他人明白演戲的意義。我發現有時候連一些演員也不明白，他們根本不知道演戲和生命之間的關係。這就變成了演出來的東西很「表面」，只能滿足娛樂性的層次；長此下去，整個行業都沒有進步。

問：這本書的完成，事實上你付出很多心血，除了每篇文章都可以看出你對演出的想法，我見你在「柴九熱」最忙的時候，文章一樣寫得很好。

黎：我寫這些文章，其實都是針對很多人都演錯了戲。現在的演員九成九都用了錯誤的方法演戲。書裡，我會印證一些錯誤的例子，包括以前某些舊式演員的演戲方法，還有關於演員思考的方向謬誤。演戲是一個群體行業，單是自己演得好，鏡頭全拍著我也是沒有用的，難道我能夠自己一個人完成一部戲嗎？我希望整個行業都好，但最大的問題是方向問題，大家對做戲的理念都錯了。再不回頭，只會愈做愈差。

問：什麼是演戲的方向？

黎：就是考慮如何演出的一種思維程式。以哭泣為例，為什麼當知悉身邊人離世的時候會哭呢？其實，想深一層，人並不是因為看到身邊人離世而哭，而是因為害怕失去對方而哭，想起和他以前的片段而哭，可見，整個理念已經不同。

拍攝這些戲份時，很多人會轉牛角尖，哭得抑揚頓挫，像做「大戲」似的，就連情緒也是大上大落；然而，從來沒有想到這樣的演出其實很難看。所以我常常反思人應怎樣去生活，演戲的基礎

其實來自生活。演戲，就是如何去捕捉真實，只是這些大家都不明白。

很多演員一直演戲，但是他們從來沒有想清楚演戲和人生的關係，對我來説，演戲其實是檢視人生。很簡單，演員演的是人，而演戲最終要做到的，就是「如何令我成為他」，如此簡單的一句話而已。但問題是沒有人知道這麼最簡單的事情，大家往往都捨近求遠。

我們必須在自己的生活裡提煉一些感覺來，捕捉真正的生活，包括了解人究竟是什麼，自己又是什麼。我們的工作就是要表達人，怎能不了解人呢？我常常都希望大家能夠回過頭來思考一下，什麼是演戲？什麼是戲劇？最簡單地説，戲劇就是人生了。

問：這也就是演員的修養吧？
黎：對，只是現在大家都不知道演員的修養是什麼。所以我常常覺得演員最應該看的是哲學書，或一些探討人性的書，兩者都很重要。這個世界為什麼會有宗教和哲學的出現？就是因為有人開始思考自己是什麼，而演員亦必須思考人到底是什麼，在芸芸眾多行業中，演員是最需要思考這個問題。

所以演員要學習的是哲學，而不是電影，如果沒有哲學這個基礎，所有表演都是空泛的。當然，有哲學作為基礎，也需要通過表演技巧表達，其實兩者缺一不可。在我來説，好的演員就要成為一個哲學家。其實其他藝術也是這樣，試想想，如果藝術不能牽涉到人類最深層的精神層面，那藝術就沒有意義了。這個世界，其實有很多遊戲可供大家玩樂，但大家為什麼要那樣辛苦地

選擇演戲？如果純粹只求娛樂，請不要演戲，電視台每天都有遊戲節目，大家參與這些節目好了，反正一樣會刺激收視。

演出的終極探討，其實就是探討人生。我寫這本書，就是希望讓大家反思一下，為什麼演員要演戲？演戲的意義在哪裡？這樣作為一個演員才有方向，有自己的進步空間。我常常覺得，演出的表面功夫很快就能學完，喜怒哀樂的表情或其他的技巧，兩三年時間就學懂。然而，演出背後要表達的東西，才是無窮無盡的。

問：這種想法，是什麼時候開始呢？關乎哲學和生命意義的追求，想必要有一定的思想深度才想到吧！
黎：大概是近十年吧……那絕對不是突然之間有的想法。初入行時，一來不能兼顧其他事情，二來自己什麼也不懂——拍戲不懂、技巧不懂、鏡頭不懂，根本就不能專注發展自己的思想。不過，當時其實也頗幸運，可以當一些閒角，從中讓我有更多時間研究拍戲的技巧和技術。任何題材，都要在自己熟悉後才能夠表達。

以畫家畢加索為例，他最初也是學習工筆畫，從寫實畫作開始的，後來才轉變為抽象派、立體派，可見不能一開始就是抽象派嘛！否則我們任何人也可以是抽象派大師了（一笑）。正如每一個行業都有其基礎，如果你不能明白那個基礎，就不能明白其上層的事情；說到底，做什麼也一定要有根基。

在演戲開始的頭十年，我未有時間思考演戲背後的意義，因為有太多東西要學：演出、技巧、語氣，以及形體的表達，還有幕後拍攝的技術；很多東西都是一點一滴的累積。加上我是一個喜歡思考的人，愛胡思亂想，即使自己一個人坐著，也可以不斷思

考，跟自己對話。

所以很多想法都是自己慢慢發展的，演戲是沒有開竅這回事。演戲是要兼顧很多的內容，當你明白了一件事情後，就要去明白第二件，那又怎能說開竅呢？開竅是同一時間明白了所有事情，但演戲不能同一時間去明白，只能慢慢累積，反覆驗證，在一連串錯誤與改正中成長過來。

問：所以和人生一樣的。
黎：對，整個過程都是一樣的，演戲的成長和人生的成長是一樣的，都是在學習。所以有人問我下一步怕不怕失敗，我會說我不怕，因為人生總會失敗，我也只是在經歷著。將來成功與否，從來沒有保證，那就讓我們經歷吧！

而且，演戲正好給予演員這個空間和機會不斷經歷。現實人生的遺憾是我們不能重來的，但演戲不同，可以做完一次又一次，甚至從中反思生命的價值，或思考人究竟是什麼，甚至回看自己對事情的看法，這才是最有趣味的地方。

問：你經常提及喜歡胡思亂想，你想什麼多呢？
黎：大抵都是一些有關哲學、演戲和理論的事情。

問：那就是說，以往你一直沒有跟別人說，都屬於自己內在的思考過程，直至寫這本書的文字，才逐一表達出來？
黎：對，那些都是以前自己跟自己的說話，現在可以借文字表達。曾經也會和其他演員朋友聊一下，談及一些深層次的演戲理論。不過，老實說，大家都做了多年戲，再講怎樣演戲已是沒意

義的；反過來，跟談得來的人，都是談一下自己的理念，和對事物的看法。

戲劇世界很單純

問：為什麼你這樣喜歡演戲？觀眾都知道你是用心演戲的好演員。
黎：其實我也不太明白，關於這點，我還未有想通。可能是天生的吧，我常常覺得演員是上天派下來的工作。因為演員要具備很多天生的特質，那些特質是教不曉的，就算怎樣後天努力也不會做得好。

我看過太多這樣的例子了，很多人很有熱誠，花了很多時間去演戲，但效果始終不好，變相是浪費時間。我常常想，演戲為什麼會存在呢？演戲在人生裡，其實是補遺了人生的一些空白，可能是一些空間的空白、價值觀的空白或想像世界的空白，於是需要演員去滿足這些東西，需要演員去完成這個使命。所以演員不是自己選擇的，而是上天選擇的，上天選了一批演員出來，在這個世界去完成使命。至於為什麼會是我？我也不知道，我只知道當我回到那個演戲的世界，我便會很舒服、很開心。那種開心就像回到天堂般。

問：那不就是比回到家更快樂嗎？
黎：是的。如果你客觀地分析，回家並不是什麼不好的事，不過，回到家就要面對現實。什麼是面對現實呢？當你的孩子頑皮而不聽話時，又或者當你工作不順利，甚至每月愁著交租時，這就是現實。

在戲裡，演員是不用煩惱交租，反正開飯時大家端出道具來，甚至不用「埋單找數」；但現實裡你就是要不斷的「埋單」，要看自己錢包裡有多少錢，又要看著銀行戶口剩餘多少錢。戲劇裡是沒有這些的，不需要顧慮錢，即使很窮，也窮得很有安全感，因為戲劇裡的角色是沒有傷害性，所以事情都能夠掌握，連生和死也能掌握，戲劇是可愛的；相反，現實中很多事情都不能掌握。

例如劇中飾演爸爸的要今天拍攝「死」，所有事情早被安排好，很妥貼，不用多想。當然戲劇裡也有喜怒哀樂，也有傷心的時候，但是自己不用多想，不用擔心。喜怒哀樂對一個演員來說，並不是一個問題。現實生活可不同，不知什麼時候有人告知你爸爸的死訊，你往往不懂處理。

我常常也問自己為什麼那樣投入去演戲？原來不是因為興趣，也不是因為工作，而是，演戲已經是我生活裡的一部份，黎耀祥就是由演戲和現實所組成。要是有日沒戲演，我真怕自己的精神會出現問題；在我來說，不演戲的時候，可能我的精神狀態有一邊失衡，可以說，我需要一個演戲的世界給我生存下去。在人們眼中，現實的黎耀祥看上去是正常的，頂多是很悶、很無聊吧！所以，我需要演戲來平衡自己的情緒，作為宣洩也好，總之活在另一個世界，好讓我可以要跳進去。

問：但演戲畢竟是集體合作的工作，不是你一個人的世界，你有對手，有台前幕後，你投入是一回事，但也受限很多，並不完美。
黎：當然，集體合作會影響過程，但從來影響不到我的心⋯⋯因為我其實可以自我完成，我甚至不需要那個演員在我前面，我已經能夠「看到」對方。即使對方不在，我也能「聽到」對方說

話。可能，我已去到一個精神病患者的狀態，事實上，我亦希望自己能夠去到那個狀態，不需要有任何人而能「聽到」對手的對白，然後回答他，一個人就可以完成那場戲的演出。

那個世界是很美妙的，整個世界完全是屬於你自己一個，因為你連對手也不需要了。我感覺自己正慢慢一步又一步地踏向這個方向，正如我能夠完全記得對手的對白，對方要說什麼，要令到我有什麼感覺、反應；我亦已了解對手的感覺、反應，整個過程其實在我腦海裡已有了形象，已做了一次，根本不需要別人跟我一起演出。

問：那就是說，你希望自己的演出是一個自給自足的狀態？

黎：對，在我來說，我很希望可以去到這個狀態，讓整件事發生在一個虛構的世界裡，不需要有對手亦可以運作，情況就如一個瘋子在街上可以和空氣說話。演戲也是這樣的一回事，當中的精神狀態也是一樣的。例如你在灣仔街頭碰到那個邊走邊罵的瘋子，你看不見他罵的對象，但是他看見。演員也一樣，觀眾不用看見，只要演員看見就行。所以，即使全廠的演員都吃飯去，我可以自己留在廠裡，自己演戲。

問：你愈追求這種單獨演繹自己戲份的方式，不是更害怕對手出錯嗎？

黎：當然不怕，因為當對手已在你的幻想世界中生存著，真實的對手即使演錯了，也不會影響到我。當中的確很繁複，但我很喜歡和習慣了。情況就如可以看到其他人在做什麼，像見鬼一樣。又好像電影《神探》（2007）一樣，可以看到別人背後的事情。演戲到了某個境界，的確像「開天眼」，自然而然就看到了，是

故，我太喜歡那個世界了。

問：那麼戲劇是不是你生活中的理想國，一些很理想的事也會在那裡發生，讓你可以不斷嘗試別人的生命？

黎：其實嘗試與否，理想與否都沒有什麼所謂，但戲劇世界倒是一個很安全的世界。這或者與童年陰影有關，我童年是一個沒有信心、很自卑的人，也不敢與陌生人接觸。在戲劇世界就好多了，劇本寫你們是好朋友就是好朋友了，你甚至不用認識他，也不用理解和建立。劇本裡說是，就是。現實裡你怎樣和人建立關係？怎樣找朋友呢？這很難說。戲劇的世界不一定開心，戲劇中也有人去世，也有傷感的時候；但對我來說，那是一個很舒服和安全的世界。演員只要有情緒，當中沒有顧慮，也沒有憂慮，即使有，也只是情緒上的憂慮，而不是為角色喜怒哀樂的憂慮。相對來說，戲劇世界很單純，很淺白。

演員的情緒

問：你剛提到演戲的世界自給自足，又說到不關乎喜怒哀樂的問題；但是，當演員始終要在很短的時間裡耗盡很多情緒，又關乎抽離的問題，你是怎樣處理的呢？

黎：這要從多方面去看。首先，情緒有時是要從生理帶動的。演員有時候太累了，就會沒有情緒，這是常有的情況。情緒和生理的分泌也是掛鈎的，我在書裡的一篇文章也有提及。所以，演員有時候不妨借用一些外在的方法，帶動內在的活動，譬如加速自己的呼吸，自不然會令心跳加快，這就是借用外在帶動內在的一種方法。

情緒也是一樣，演員得利用一些感情或記憶來帶動情緒；當然，也不能忽略喜怒哀樂的生理變化。例如喜怒哀樂中的哭泣，其實就是身體內的變化產生，是一些荷爾蒙或其他物質令到你的情緒受到感動，帶動淚水的分泌，可見整個過程是連接著，缺一不可。所以有時候當演員的生理太累，精神不能集中時，必然會影響演出，演戲始終需要用一些生理的實質機能作出帶動，它們是推動情緒的「摩打」。

至於抽離問題，主要是看演員想不想抽離而已。演員理應最懂得控制自己的情緒，能夠「入」，就能夠「出」，這是演員必須具備的能力。你總不能跟我說你只懂「入」，不懂「出」；既能「入」就能「出」，這是一定的。問題就看這位演員想不想走出來罷了。

至於這樣經常出入情緒之間，會不會影響身體呢？那當然會吧！情緒是帶動我們生理反應的。譬如當演員拍完一場哭泣的戲，總是不開心的，為什麼呢？那是因為你的荷爾蒙分泌出來了，它會告訴和傳達了一些不快的消息到你的腦裡，自然會令到自己不開心，有一定的影響。

所以，每次某種情緒產生後，就不能回頭，關鍵是，怎樣盡快地令情緒平伏。因為只要情緒令身體某些物質分泌出來，生理上自然受到影響，這要看演員如何控制。他可以選擇即時忘記演出時的情緒，去想別的事情，分散注意力讓感覺過去。當然，當中有很多變化在裡面，很複雜。

問：這樣的情緒消耗，會不會令你回到現實世界時，感覺特別

累？是故演員如你，多盡量保持在一種較平靜的情緒當中？

黎：對，的確特別累的。但我常把自己當作成一台機器，演員的軀殼必定要成為演員的機器，像汽車，由演員自己控制。一旦工作完成後，演員就得學會「熄匙」，儘管「車頭」仍在發燙，但你必須把它停下來，不要讓它過熱。至於能不能在「熄匙」後令那輛車即時不燙，那是不會發生的。我會習慣用以下方法，就是放著身體不管，讓它累吧，回家就去睡。

問：我看你之前的訪問，提及在《情陷特區》（1991）一劇裡，你尤其記得當中一幕是你將骨灰撒落大海，明明是導演叫停了，但你還是在嚎啕大哭，停不了的。

黎：對，那是一個很奇妙的感覺。以前我不懂得拍哭泣戲的，因為我沒有多少機會去拍，也不懂得掌握，簡單說，就是不知道怎樣才能哭出來。即使自己完成了，也可能未知道自己為什麼要哭。演繹《情陷特區》那場戲時，其實我沒想過是不是會哭，但當我看著那些骨灰飄落大海，忽然間就哭了出來。那時候的自己並未成熟，很多事情不知道為什麼會這樣。但是當下一旦開始了哭，大概受到之前所說的荷爾蒙分泌影響，我就不斷哭，停不了的。因為當時不懂得控制，也不想去控制，彷彿自己也有了宣洩，感覺是開心和舒服的，加上有種不想「離開」那個情緒的想法，所以，我方才說其實有時是演員自己不想抽離吧！

問：那麼是那場戲讓你把情緒宣洩出來了。

黎：對啊，可是人家並沒有要求，我卻連同自己的事情都哭了出來。所以說，那場戲我其實是做錯了，很大件事，最後還需要重拍。然而，我一生中遇過很多這些很好的例子。這件事情，令我反思，原來哭出來未必一定好。一些傷感的戲，哭未必是對的做法。

後來監製跟我說，他根本不想我哭。因為他覺得當時我的角色，和那個已逝去女伴的感情，已經昇華了，我倒應該為她的解脫開心才是。想一想，這是多高的層次！能夠在十五年前已經有人跟我說這樣的理論，真的很幸運。對，哭泣從來不是最高的情操，反過來安心送逝者離去，感覺更好，那就是事後才明白的。

要明白做演員的，從來不是比拚喜怒哀樂。不是說誰哭得最快，誰就能取勝。演員更應該理解的是，怎樣將一些人物的感情或精神層面昇華。哭不一定是對，甚至可能是錯。觀眾千萬不要錯覺哭得出的就是「好戲」，能夠哭得出並不算厲害。

演員要知道怎樣看待一個人物，知道怎樣利用自己的演技和看法，好好地用演技描寫一個人物，那絕不是單純的喜怒哀樂演繹。喜怒哀樂從來是沒有意義的，那不過是四種心情，很快就會做完，哪有什麼意義呢？所以演戲到最後，並不是一場比鬥，而是要懂得把適當的情緒，放在角色適當的位置，令觀眾好好理解一個角色，理解他的生命。包括這生命對觀眾來說，會有什麼啟發，這才是一個演員演戲的最終目標。

最艱難的日子

問：當時你在 TVB 工作了十三年，覺得自己停滯不前，就出外拍戲（1998-2002），當中經歷了什麼？

黎：我在 1998 年離開 TVB，拍了四年的電影，其間也拍過一些 DVD 和電視劇。其實外面的環境和 TVB 很不同，外面是一個不穩定的社會，不穩定的工作環境，不穩定的收入，經歷的事情自然更多、更深刻。在 TVB 即使再差，也必定每個月有薪酬發放。

但外面就不同了，我們只是散工，又沒有簽約，拍不成就沒糧出，這樣就形成了我心態上的動盪時期。

人很有趣，總要在苦難中成長、磨練。雖然那不是什麼國仇家恨、大是大非的磨練，但你不能看輕這樣的一點，當中的擔憂、寄人籬下及別無選擇的感受，我深深體會，因為都是真實，不是演戲。

所以當你在兩個月裡沒工開時，任何一套「爛片」找上門來，你也會立即答應接拍，當時就有很多這樣的情緒。一些「垃圾片」找你去拍，只得答應。那時候，我試過一個月只開一天工。試想想，箇中心路歷程其實經歷了很多，尤其像我這些喜歡胡思亂想的人，這回是真真正正地去面對現實。

所以，為什麼我會明白好些角色的情緒，那是因為我曾經經歷。現在有些人稱讚我某些感覺演得好，那是當然的，因為我真的經歷過什麼是憂慮，我擔心過，亦嘗試過寄人籬下的感覺，更試過向人追債，那些人還錢時總是要還剩一點點，要我厚著顏面，繼續去追。

所以為什麼演員常常要找經理人幫忙？就是因為不想跟人家「講錢」。那段日子，很多事情我也做過，其實不是只有勞動階層才會感覺卑微，有時候，向人討債也一樣會感到卑微。所以，那個階段是我學得最多東西的時候，無論是在自己的人生，或是在演技上。

電影中，我也遇過很多好導演，如林嶺東、邱禮濤這些都很受人

敬佩。他們是從另一個視點去看事物，大家在閒聊期間，會說一些之前看過的經典電影，都是大師級的；所以，這些都是要出外才會知道。那四年時間，無論在公在私，都是我人生中、或在演出上經歷最豐富的，所以那階段是我學得最多的時候。

一直有看我演出的觀眾會發覺，當我在2002年返回TVB拍劇時，我的演出方法已經不同了，因為我已經不是「演」，而是將自己的感受呈現出來，所以之前的階段是我很珍惜的，無論是我演戲或是人生，都是一個很寶貴的經歷。

問：你會用什麼詞語來形容那四年時間呢？是怨氣呢？還是委屈？
黎：不是怨氣，也不是委屈，而是人生的無奈。如果你要理解，可以去聽趙傳的《我是一隻小小鳥》，當中有幾句歌詞說到生活的壓力和生命的尊嚴，究竟哪一樣較重要。你思考過，就會明白什麼是生活的壓力和生命的尊嚴。我們不但要把生命的尊嚴放下，連演員的尊嚴也要放下。這段時間有很多不愉快的經歷，但我沒有怨氣，我覺得那是必須經歷、必須承受的。

甚至回頭再看，我覺得那段經歷很寶貴。很多人不明白，也很難說得明白。那個階段是我內心情緒很豐富的階段，什麼挫折、什麼卑微，任何感覺我也知道了，我是真真正正知道每日等工作，到街頭討飯吃的生活，其實人生就是這樣。

問：剛才你說到其他人不明白，是不是指有些人總忽視了你那四年所付出，或你曾經經歷的？
黎：他們不明白什麼是生命，亦不明白生命的喜樂和什麼是有血有肉的實際衝擊。很多年輕人都說自己委屈，怎樣懷才不遇，但

他們根本不知道什麼才是懷才不遇，什麼是寄人籬下，什麼是委屈，什麼是卑微。

其實現在很多演員都不明白，尤其是他們出身都很富裕，有些返公司時是駕著「波子」（保時捷），哪會有多慘呢？即使他們沒有「波子」，原來也可以天天坐的士上班。我記得，那時候為了省點錢，每天早上接六時的通告，五時多時就趕到順利邨乘第一班巴士，再轉乘地鐵，到了樂富就走路上廣播道，哪敢隨便坐的士？

後來返清水灣工作，我也是每天走路到坪石邨乘公司巴士，接著晚上回家，也是在坪石邨下車，然後自己走山路回家，連十五塊錢的士車資也得省下，就為著供樓。這些現實上的真實感覺，未經歷過是不會明白的。

其實，以上所說也不是什麼艱苦。不過，當演員的總要有情懷，有認知。知道什麼是生活，什麼是生活的觸動，還有生活的感覺在哪裡，人的感情在哪裡。所以，我常常覺得演員是必需要有情懷，不單止是有表演欲，空有表演欲的演員是沒有用的；最重要是要有情懷。情懷是對自己，對身旁的人，和對事物都要有。而且，你必須懂得用什麼心態去看自己的生活。

苦悶之必要

問：的確，你對演出的付出，是不用懷疑的，我知道你不斷潛心為演出做很多事，包括困在家裡看很多電影、電視節目，也喜歡看書。

黎：對，沒有人會像我這般，我傻的。未結婚時，我自己一個人

住，工餘沒有其他節目，每天回家後就是看書、看電影、看電視，例如看「六十分鐘時事雜誌」那些。我每星期都會剪輯好「六十分鐘時事雜誌」、「星期二檔案」、「新聞透視」和「20/20」這些紀錄片及新聞時事節目，這類節目很多時都由人物專題出發，我喜歡研究人性。

當然，這其實也為了演戲，為了去那個「世界」，我要了解那個「世界」是什麼。而且很多事情都是一個整體，可以貫穿，所以，演員必須明白生活和演戲的關係。演戲並不只是我們執著一些傳統戲劇理論的演法去抄錄，而是我們要從活生生的生活裡發掘故事，和發掘自己的靈感，看看怎樣將生活放入戲劇，而不是單純地沉醉於在傳統的戲劇表現中。

另外，以前我又愛去 KPS（金獅影視超特店）租借影碟影帶，或錄影「明珠 930」。回到家裡，實在太多東西等著我看。於是，每個周末，已經有數十小時的節目要看了，黎耀祥一開始就只剩下演戲和現實生活，而現實生活，也和演戲有關。此外，我還看書，以前我還傻呼呼地捧著史丹尼斯拉夫斯基的《演員的自我修養》看，不過至今始終未看完。我有太多東西要看，根本上是看不完的。

問：而且，在電視台日子，你其實還有很多劇拍。
黎：對，我當時做閒角也比別人多，由一廠至八廠也有份拍，工作量一直都很驚人。至於一旦不用開工，我試過幾天躲在家裡，不出門，就只是看書看戲，肚子餓了就煮麵吃好了。

問：生活很苦悶呢！
黎：所以說現在的年輕人演戲差，那是沒有辦法的。就是我們以

前訓練班出身的同學，也是工作完了就最常去「河東」、Canton等 disco。我呢？工作完了就回家，那我又怎樣要求別人呢？我知道很多人都不像我這樣，我又何必要告訴他人呢？還有，演戲的世界畢竟是自己，不見得特別好，也不見得一定成功，只是自己喜歡罷了，又怎能要求別人進入自己的世界，跟你一起演戲呢？

我的世界某程度上是瘋的，沒有娛樂。然而，哪有人沒有娛樂呢？哪有人工作完成後不找其他消遣啊？現在所有人在辛苦工作過後，都出外玩樂、看戲、唱卡拉 OK，最少也和朋友吃頓飯吧！但我就是沒有，除了工作，還是工作。當然，我那工作的定義其實也不算是工作，因為我真的喜歡那個「世界」，於是就一頭栽進去，對我來說，工作也是娛樂。

只是，這個價值觀很難灌輸給別人，也很難強迫別人要跟我這樣做。所以，我絕對能夠理解現在年輕演員演技差是應該的。我一天工作十小時，你一天才工作一小時；我演了十年的戲，你才演了一年戲。於是，我比你們好，理所當然吧。我絕對相信，我比別人至少花多倍的時間在演戲上。

問：今時今日，面對任何戲的角色你都能很快地掌握、入戲。但又如你所說，現實不易，做回現實的黎耀祥，你又覺得難不難？
黎：不難的，只是很悶吧！現實的我很悶，都由我太太逗我，其實我是很悶很悶的人。不過，跟自己相處可不太難，畢竟自己的性格與自己相處了那麼多年，早知道自己是什麼人，只要不苛求，其實也沒什麼。正如只要你不挑剔問題，就不會有問題，這個世界就是這樣的；然而，真相是，問題一向都存在，只是你不找它出來，就沒有了。

電視業生態改變

問：剛才你提到年輕一代演員，大抵你常常眼見很多年輕演員抱怨？

黎：對，他們說很多事情都不合理，又埋怨劇本中的對白怎樣，甚至怪責很多東西都不配合他們等等。然而，他們有沒有反省過自己？他們是否已經做得很好？對劇本的理解又有多少呢？對生活的認識又有多少呢？對人生的了解又有多少呢？如果就連人生是什麼也不知道，對所演的角色的人生又不知道，又怎能祈求他們在戲裡告訴觀眾呢？

其實演員的終極目的，就是要透過角色去告訴觀眾，人生究竟是怎樣的一回事。

問：這令我想起上次跟你見面時，討論到演員如何投入一個角色。譬如當演員知悉自己要演一名醫生時，他們會特意去看一次醫生。我記得你還說，演員從來是依靠平日的觀察，而不是臨急抱佛腳。

黎：絕對是，演員有很多都是膚淺的，其實不單止演員，新一代很多年輕人都是比較膚淺的，因為生活對他們來說，已經沒有什麼困難。我們這一代都是從生活中磨練出來，沒有困難的生活，又怎樣磨練呢？現在這一代人是飯來張口，和我們以前大不相同。

以前，我和幾兄弟及父母都擠在百多、二百呎的地方生活，睡的是「碌架床」或地板。現在呢？我的兒子已有自己的房間了。當然，社會富裕了，我們又很難要求他們經歷，那是不公平的。但問題是，現在的演員非單沒有經歷，也沒有思考。我們以前是破

釜沉舟，一是接受工作，一是拒絕了便沒有工作，沒工作就自然沒糧出，沒糧出就沒飯吃。現在會沒飯吃嗎？只要問媽媽拿錢就有了，哪還需要工作呢！現在社會不同了，價值觀也不同了，所以現代人是膚淺了，因為沒有經歷，也不需要經歷。

現在的父母對子女極為保護，我和太太已算是理性的父母，有時也會讓兒子經歷挫折，叫他吃吃虧。但外邊的父母對孩子呵護到不得了，孩子到那裡都有傭人跟著，連吃飯有人餵食的，那做孩子的又會懂得什麼？當社會生態變成這樣，演員又怎能不膚淺呢？他們擔心的，再不是沒有糧出或沒有飯吃。他們只會擔心能不能買到限量版的名牌手袋。

有什麼方法解決呢？看來真的沒有，除非有奇蹟出現吧！即由上天派一個天生的演員下來，他雖然很有錢，沒有經歷，但卻是全能的，什麼也演得出來，是天才來的。

問：你入行的那個年代有訓練班，演員都有一套正統的訓練。
黎：對，以早我幾屆訓練班的演員來說，如劉青雲等，我就能看到這班師兄的鬥心很強，因為當時訓練班是一年制的，每一個學期都會淘汰一些人，變相會令同學之間的鬥心特別強。因為整個訓練班是淘汰賽，要經過多番淘汰，最後出線的才能成為正式演員。

現在不同了，訓練班也不怎樣訓練。一個落選港姐，進一下訓練班就出來演戲了，也再沒有什麼考試。他們現在連這個磨練也沒有了，簽了約就可以演出，更不會有淘汰賽。當然，汰弱留強，所謂「淘汰賽」可能是三年或五年後出現，屆時做得不好不被續約，再次回到起步階段。所以我不會怪責現在的年輕演員，因為

整個制度已經不同，社會價值觀也變了，反正很多事情都替他們鋪排好，順理成章。

又如現在的小生、花旦，只要是公司力捧的，一出來便當主角，於是就沒有了一個當閒角的過程，哪又怎能怪他們呢？公司的政策和很多東西形成了他們的心態，就是沒有階段，順利過渡。沒有了，就是沒有了，那是沒辦法拯救的。

演員以外，現在就連一些導演的素質也下降了，以前的導演都很厲害，懂得教演員做戲，但現在的導演不會，於是就讓演員任意去做。對於我們這班有經驗的演員還可以，甚至乎會反過來告訴導演怎樣做，怎樣拍。但新出道的演員就慘了，根本沒有人告訴他們要怎樣做，即使他們夠膽去問導演，導演也答不上，往往只叫他們做得舒服就行了。現在大部份導演都是這樣的，只有小部份是專業的。

問：那預示將來，這行業只會愈來愈差？
黎：對，只會愈來愈差，無論演員、導演，幕前、幕後都是這樣。就連一個攝影師也會經常失焦，為演員拍三、四個 take 都會 out of focus，明明攝影師的基本工作就是要對準焦點，但他們就是連最基本的也做不來，那為什麼公司要請你們呢？

問：有想過説出來嗎？説出來也許會幫助到他呢？
黎：沒法説，我實在幫不上他怎樣對焦。更重要是，演員必須將自己的情緒保持好。演員最重要的責任就是將戲演好，其他什麼都不重要。你的個人情緒不重要，別人有沒有失焦不重要，對手拍得好不好不重要，所有人都不重要，最重要是你要演得好，保

持自己該有的戲劇情緒。

如果我去罵那個攝影師，自己一定不會演好，因為當你情緒有波動、生氣，一樣會影響那場戲的演出；正如你跟對手有磨擦，跟他吵架後，那場戲也不會好看吧！只會愈來愈差，因為大家都有心病。

所以為著一些事情而令整件事搞不好的，我為什麼要做？這是我常常強調為什麼自己會好脾氣的地方。你發脾氣，如果那場戲是好看了，那可以發！但你罵完那攝影師後，他的鏡頭會清晰了麼？也許他只會繼續手震，一樣做不好。我當然知道問題所在，如果哪些問題是可以提點的，我便會提點。但有些問題說出來對方也不會明白，他只會在懷疑你的居心。做演員的，其實只是管做好自己的份內事，其他事情都不重要了。

爛劇本可以有好演技

問：倘若那部戲本身是很「爛」呢？你會不會提出？我指是整個劇集在結構上都出現問題……
黎：如果我必須演出的話，我也會盡力補救。我常常說，演出其實是可以獨立評估的，你看所有的電影或電視頒獎典禮，都分成很多獎項，而不光是頒給最好的一套。這也說明了為什麼外國的頒獎禮裡，取「最佳電影」獎項的，未必也取得「最佳導演」獎項，因為不同專業，可以有不同的眼光和角度去評鑑。

正如取得「最佳演員」獎項的那部戲，絕對可以「爛」到不得了，不過既然當中的演員做得好，就值得給他頒獎。所以我亦從

來不會放棄，至於你問我現在會不會接拍一些很「爛」的戲，那當然是不會了。因為沒有經濟上的需要，我可以作出選擇。

問：那跟你合作的演員呢？如有些地方你覺得對方可以演得更好，你可會提出？

黎：看情況吧！其實有些演員是改變不了的。演戲不是那麼簡單地「擺」一樣東西出來，因為演戲牽涉到很多心理因素，也包括程式上或程序上的事情，我不能單單要你去改動某些地方。甚至如果要去改變這個地方時，可能要在幾個更前的演出步驟，已經告訴對方，因為演繹是發展出來的，而不是單純改變某一個當下的做法。

所以我甚少選擇說出來，有人以為我愛把說話藏起來，其實不然。只是我很明白演員，尤其是一些有資歷的演員，他們根本不是那麼容易接受你的意見；你告訴他們哪個地方出錯，他們反過來會適應不來，不明白你說什麼。即使對方虛心學習也好，但當他做到步驟 7 的時候，你才告訴他步驟 8 有問題，他是改不了的，因為，其實更正確的做法是由步驟 1 開始改至步驟 7，最終才去到正確的步驟 8A，於是當你跟他說應該是步驟 8A 的做法才對時，那就得讓他明白，其實是要由步驟 1 開始改，應該是步驟 1A，然後是步驟 2A、3A……

問：哪你為什麼在步驟 1 的時候不說呢？

黎：要知道，在對手做步驟 1 的時候，可能問題還沒有出現。演戲不是那麼簡單的，不是你做了什麼就一定是什麼，當中涉及很多事情。演員在演繹自己角色的時候，始終自己最清楚，因為他是「第一身」嘛！正如我清楚自己的角色一樣。

於是，當一個演員為自己設計和鋪排了很多步驟時，你突然說他的步驟 8 不對，這必定涉及他之前的步驟也有問題，倘若之前沒有錯，步驟 8 是不可能錯的。但是，你這樣說他，對方真的可以接受嗎？大部份演員都認為自己沒有錯的，整個程序都是對的。所以我很少說出來，只能夠調節自己。

當然，演戲是有很多變化的，並不是只有一個答案。一場戲並不見得只一個演繹方式，當中可以有十個不同的可能，只看自己選擇怎樣演繹才好看。當然，當中可能有一個方法是「最好看」的，而在「最好看」與「最不好看」之間，其實還有一些可觀的選擇性。演戲不是「是非題」，當中可以分很多層次。而且演員的演出是一個群體合作，我不能因此而破壞了彼此的信任。所以，我絕對不會貶低其他對手，因為如果連中間的過程都打亂了，那就沒可能做得好。我很少干涉別人的演法，只是就著對方的演法去反應演繹好了。

問：你曾說這一行根本不是很多人會用心學戲，所以當我問你有沒有教後輩演戲時，你甚至說他們根本沒想過要學。
黎：對啊！所以真是別打擾他們，我最不喜歡打擾別人。我喜歡尊重別人，任何人都可以選擇自己的生命。而且，有多少人入電視台是為了演出呢？要知道每個人入電視台工作，可以為著不同原因，而真正為了演出的，我看卻是少之又少。

問：想過有一天會去教授演戲嗎？
黎：這個我有保留，也許我有朝一日忍不住會教戲也說不定，如有新一代演員真的演得很差的話。但是我也知道，有些事情是沒法子教的，最重要是，如果他們根本不想學，我何必去教？很多

年輕人根本只想學做明星，以為上了一、兩課堂後，自己就能夠成為明星。

問：那麼電視台是明星多過演員？
黎：電視台沒有明星，也沒有演員，兩者皆無。

問：大概很多年輕人不想放太多時間在演藝事業上。
黎：對，正如記者們常常會問演員一個問題，就是他們會給自己幾多年時間放在演藝界，潛台詞就是說：演員從來只是一個過客而已。但我就是要告訴大家，我的演戲生命是一生一世的。曾經也有記者問我同樣的問題，最後寫出來是：「黎耀祥要像達哥、要像蝦叔」，其實是斷章取義，沒有言明。

我其實想說，我希望自己年輕時即使沒有成績，到中年時也要有點成績，好讓其他人知道我是一個有誠意的演員，像達哥吳孟達般；就是如果中年也沒有這樣的運氣，也希望晚年都要像蝦叔關海山般，他們二人都對這個行業有貢獻的。

這行業從來不是給人「割禾青」、「賺快錢」。然而，有些記者總喜歡問一些膚淺的問題，背後是膚淺的價值觀；不過，對於不明白的人來說，就是不明白，我也沒辦法。

演員的真假感情

問：上次見面，你太太 Julia 曾經說過，她親眼目睹作為演員的你，有時為了能在拍戲過程中投入些，可能會主動與女角建立一種短時間的朋友關係，底線是當中並不涉及私人感情。這種感情

變相成了一種演出手段，對嗎？

黎：對，這是有的，對演員來說，這是其中一個方法，或一個階段。在某個階段，演員的確需要這樣做，就是為了令整件事更加完滿；加上那時候，我對演戲裡仍有很多方法未能掌握，有時候會用上這種手段。

問：那時候是怎樣呢？那個階段對你的演出來說，又有怎樣的意義？

黎：我為什麼會有這個行為呢？當然是有原因。某段時期，TVB很喜歡請一些華南理工的內地女演員來港受訓。當時我有跟她們演出，發覺大家即使拍了戲很久，也甚少溝通，往往只是點頭之交，大伙兒吃飯。其中有一位女演員，要在劇中飾演我的太太，可是，這名女演員從來不會跟我主動溝通。

當時有一場戲即將要拍，是我這位劇中的太太要死了。那時候我已明白了一件事，原來人的感情很複雜。我為此想了良久，包括人為什麼會哭呢？有時自己想起很多慘痛的回憶，卻也哭不出來；但現在眼前這位劇中太太要死了，我卻因為劇本需要而哭出來。於是，我問自己：為什麼人死就要哭呢？原來，那代表你將會失去一些你和對方的過去。

可是，我和這位女演員是沒有過去的啊！日常大家除了拍劇以外，話也不多說，哪有過去？我又怎能哭出來呢？於是，我想到不妨主動和她聊天，不是為了逗她高興，或為了騙她感情，其實只希望能多拿一些資料，令自己對這個人物有多一點的認識，就是這個原因。

但這樣的處理，並不是每次拍戲也需要。對比下，現在需要的時間少了，因為很多時可以另求其他補充方法，例如對劇本的理解、對人性的基本了解，又或者懂得將自己的故事放進去。現在人生經驗豐富了，當時什麼是生離死別，也不懂得。

所以我說過，自從媽媽離世後，令我明白了很多事情。譬如開始明白什麼是生離死別，知道什麼是失去，所以很多時演員的自身經驗是可以作補充的。你剛才指我太太所說的，已經是十多年前發生了，那時我有很多技巧還未掌握好，很多理念還未弄清楚；現實生活也無風無浪，情緒上的感覺自然未能成熟掌握。

問：這又令我想起你在一個訪問裡，和陶大宇討論過演員應該用什麼心態進殯儀館的問題，那關乎真實與虛假。
黎：當一個演員入行後，他其實是多少脫離現實生活的。因為演員開始不知道真實的人是怎樣思考。演員往往帶著拍戲的經驗，帶著分析的頭腦。普通人不需要帶著這些東西就懂得反應，更不需要分析當下所發生的情況，所以這是一個很複雜的問題。

當時我和陶大宇正在拍攝一場去殯儀館的戲，於是大家閒聊間，就發覺當演員後，在現實裡去殯儀館，有時真的不知道應該抱著什麼心態。因為我們都是演員，都演過很多送殯的戲，每次都是帶著一種傷感的情緒。但現實是不是這樣呢？我們也許已經忘記。

我們不可能再記起多年前去殯儀館的感覺，當然還有印象，但已經模糊。於是我們開始想，原來有些真實的感覺，是需要當演員的很努力的重組回來，否則我們的演出不過是做假，單是戲劇上的理論，放在真實世界未必一樣。

還有一點很有趣的，是演員的情緒和想法是可以反過來再想的。當你脫離了演出，真實地去到殯儀館感受當中的氣氛時，如果傷感，你一樣會想到自己應不應該傷感？應該用一個什麼身份來傷感？這樣，我們又再次抽離了自己本身的情緒，用演員的身份思考，已經錯了。

所以，有時演員根本不能夠以自己應有的情緒去面對現實生活，因為我們習慣了反思自己的情緒，甚至是監察自己的情緒，到底我現在是什麼情緒呢？當你有這個想法時，你就已經錯了，已經脫離現實了。

普通人沒有這樣的想法，他們一走進殯儀館，看到什麼，就感覺到什麼，因為他們的世界是沒有「表演」在裡面。正如我寫過一篇文章有關表演刷牙，現實生活中刷牙就是刷牙吧，刷完就離開，但表演就不同，總會有很多動作表情要給觀眾看。現實生活中是不會的，有時不去想的時候，才是演員最真實的一刻。

問：演員經常出席很多活動，那麼便經常會面對你剛才提及的想法？
黎：對啊。尤其是牽涉到情緒上的活動，你就會想多些，譬如在籌款活動上如果想哭，會問自己是不是假的。

問：那怎麼辦？
黎：我自己也不知道怎辦？平常心吧。

問：但按之前的說法，平常心是最難的。
黎：對啊，是很難的，唯有淡淡地演出吧！那準不會出錯，即使

出錯，也不致太大問題，但總比浮誇的好。

問：那麼演員與演員之間的相處會「假」嗎？
黎：那可沒有。演員間的相處「假」不「假」，不是因為他們演員的身份，而是看個人的修養和品德。辦公室也可以很「假」，所以辦公室工作的人就很喜歡看《宮心計》（2009），演員反而沒有什麼作假。別人常說演藝圈怎樣，其實是不關演員的事，只是個人修養而已。外邊愛說演員特別喜歡「夜蒲」，但辦公室工作的人就不愛「夜蒲」嗎？在蘭桂坊最多是他們呢！所以沒有分別，那不關演員身份的事。

了解演技不如了解人生

問：今時今日，你對演出的程序與程式有多種多樣的考慮與研究，對角色的設計也一樣嗎？
黎：我覺得演戲和人生都是一個經歷，我不能完全設計自己的人生，所以也不能完全設計自己的演出，當然，那又不至於是完全不知道的。當了解有關角色的基本資料，就大概知道那個人物是怎樣，從一個原則上來說，也是一種設計。但在過程中，我覺得我們不應該再去設計，而是應該隨著角色一起去經歷，讓一些我們不知道的事情發生，而不是只做一些我們已知道的。

演員不該只做一些自己做到的事情，也該嘗試做一些自己做不到的。就是面對相類似的劇情處境，演員亦不應該將曾經驗的演出重複呈現，反過來必須放入一些新元素，讓事情發生，至於將會發生什麼是不知道的，但這卻是演戲裡最有神采的地方。這就等同於一些畫家，他們不會構思了整幅作品才下筆，而是一邊想，

一邊構思，整幅畫的神采就出來了。所以說，單單把所有的對白背熟，不代表就是好。

坊間對我有誤會，說我不帶劇本進片場，其實我有帶的。況且，每場要拍的戲我未看過，如果不帶劇本，我怎知道接下來要演些什麼呢？所以，通常接到劇本後，我只是輕輕看，從不背劇本。拍攝當日，我喜歡先溜進片場，看看正在發生什麼，例如當導演開了一個位，我就根據四周環境，開始構想那個人物需要怎樣。

是的，我喜歡讓事情發生，不想限制發展，甚至再去發掘空間。因為我想看到一些自己看不到的，知道一些自己未知道的，而不是將我已經看到或知道的，再做一次。關於對白，我只需要弄清楚對白的文法、語調，修整一下它們就可以了。

問：那並不容易，想要融會貫通很多事情才能做到。
黎：近兩三年，我有另一種想法，已經再不屬於表演的演法，而是屬於感受的演法。我每一次都希望在角色裡，感受多一次人生，而不是只為要演一段人生給大家看。我希望感受，亦希望觀眾能通過我的感受而感受。我現在嘗試慢慢發展出人生和演戲同步的觀念，可不理會將會發生什麼，只要能投入角色就成。

問：但演員演戲久了，總會累吧？
黎：會的，我有很多時候都想不做。

問：那你很矛盾，你一方面不斷想保持演戲的生命，來平衡真實的自己，但你另一方面，又想不做。
黎：對，因為人不斷經歷，演出也是經歷，經歷自然令人很累。

但我又不斷想去經歷，所以是矛盾的。演員是一個宿命，而我從來都接受矛盾。

我很明白這個世界本身就是矛盾，宇宙的陰陽是矛盾，太陽和月亮是矛盾，日與夜是矛盾，永遠都是這樣的，是必然的，所以我覺得這個世界是不需要絕對，什麼理想、憧憬是不需要的，我早已接受矛盾。

問：在電視劇和電影之間，你是不是較偏愛電視劇的生態和演出？
黎：絕對是。第一，我是一個很怕陌生環境的人，拍電影時，雖然拍來拍去都是那夥人，我和他們也很熟絡，但感覺還是陌生，也不知道為什麼？可能是大家隔幾個月才見一次，每次在不同的場景裡見面。

問：但那些場景都是真實的，對演員入戲來說本來更好。
黎：對，處身於真實的環境演戲當然是好，但在工作的過程中，可不是只有演戲。拍電影時，每次都要面對不同的拍攝團隊，每個團隊的工作模式也不同，連放衣服的地方也會不同，化妝台的位置時常變動。於是我會覺得在工作過程，有部份心力要去適應這些陌生環境。

但 TVB 不同，每日都是 TVB，連那個化妝間也是永恆不變的，很安全，像回到家裡一樣。裡面很多人是你認識的，喜歡打招呼也可以，心情不好，點點頭也沒問題，沒有人理會的，很舒服，大家都很理解，不需要應酬，也沒有人會騷擾你。這樣的生態就形成了，我覺得很舒服。

還有，從演出上來說，電影唯一優勝的地方是實景，除此以外，其他的都及不上電視，包括拍攝的程式和過程。大家都知道電視劇拍廠景是一場戲直落的，一拍就是三頁或八頁劇本。相比下，電影就一定分鏡頭拍攝，沒有什麼是直落的。

對演員來說，電視拍攝的滿足感較大，因為你大可以長時間投入一個角色，成為那個人物的時間較多。電影不同，電影一分鐘的鏡頭已經很長，即是說你逗留在那個人物的感覺就只有一分鐘，完成了就要離開。電視拍攝不同，可能那場戲是三四分鐘直落，那麼你可以和角色的距離很近，很親密。而且，電影很講求拍攝技巧的，演員會辛苦一點，其實用這個角度來看，演電視比演電影容易。

死亡與感激

問：我之前看過一段報導，說英國演員彼德斯拉〔Peter Sellers，曾演出《烏龍幫辦》（*The Pink Panther*, 1963）和《一樹梨花壓海棠》（*Lolita*, 1962）等為人熟悉電影〕在世時分別有好幾位太太，但離世後，從其不同的前妻口中得悉，發現他是個有多面性格的人，總結就是說，她們之中沒有一位可以確定這位演員的真實個性，因為每個人口中的他，都不一樣。

黎：如果我有幾位太太的話，也許，我也會有這個情況（一笑）。說笑吧！演戲和現實已經很不一樣，演戲裡倘若對著幾位太太，做幾個不同的自己，並不困難。因為演員根本是這樣，享受在不同的世界，喜歡處身於不同角色，那裡最舒服，因為不需要想到現實的事，多好呢！

不過，現實中就不行，因為我不能同時面對多個現實。所以，有人問我在一套戲中要飾演三個角色，可感到困難？這怎會難呢？有了劇本後，什麼都知道了，知道何時要做某角色，又何時要藏起扮演另一角色，都是同樣的動作吧。

問：有沒有一些角色是自己很喜歡演，甚至不想演完呢？
黎：很少，很少會不捨得。我不知道為什麼？可能我自己沒有什麼耐性，也不想戲劇重複現實，沒完沒了。現實你要面對很多問題，你不知道自己什麼時候會死，要經歷的事情還有多少。戲劇最好了，很快就經歷完一生，二十集的戲，三個月就拍完。雖然有些態度不是十分正確的，但我不怕面對死亡，死亡對我來說是一種解脫，生命是沒有什麼好留戀的。

問：你是說真實的死亡，還是戲中的？
黎：有時候我會想到，要是現在我真的死了，也是好的，兒子也快長大了，我從來不會說自己對家庭、對事業很留戀之類的話。我生命中要完成的事都做完成了。早些完了，也沒什麼所謂。我想不到什麼是要特別需要留戀的，有得留下來是不錯，但沒有也無妨。我的想法就是這樣，好或不好自己也不知道。可能這個想法不太正確的，很負面的，但生命對我來說沒有什麼意義。

問：這樣說的確很灰，很悲觀。
黎：是的。不過，人很矛盾，也不是沒有樂觀的另一面。之前我說喜歡拍電視多於拍電影，大抵人長大了，就發覺電視的功能比電影多。電視是提供一些娛樂給勞苦大眾，又是免費娛樂，即使你多窮也好，你也能看到我的演出，所以我和觀眾的距離很近。

我以前很怕人，到現在也是，但我其實也很享受自己作為社會的一份子，為大家做一點事情。近年來，我覺得自己的生命意義，是發現黎耀祥的演出對社會有意義，對很多普羅市民有意義。當我走上街時，很多觀眾說，要我做多些好戲給他們看，我會為此感動。原來很多觀眾喜歡看我做戲，也渴望看一些好戲。其實觀眾是有要求的，他們希望藉著那個一小時劇集，可以忘記煩惱，看你的戲，被你帶進演戲的世界裡。觀眾其實和演員一樣，都想跳入那個「世界」，忘記現實。

所以，最初回答你的只是站在理論層面上的說法吧！現實裡始終未盡如此。換一個角度說，每次拍完一部劇集時，其實也是頗失落的。我常常都覺得，角色和演員之間的關係是好朋友，「他」就是你身體裡的好朋友，但戲一旦完了，角色就會永遠離開自己了，你只能夠將「他」放進回憶裡。譬如我現在也可以回憶起很多以前的角色曾在自己的身體裡，像《楚漢驕雄》（2004）的韓信、《情陷特區》的知識份子，我現在還深深地記著他們。

問：你記憶中是某個場景、片段，還是什麼呢？
黎：是他們每個人的人生和經歷。我不是刻意記著角色在某一場戲的表現，反過來，像記起一位朋友，他曾經在我生命裡存活過，大家又曾經如此深刻地交往過。

問：有沒有什麼角色是在你整個演出歷程中最重要？又有沒有什麼特別的方法去做功夫，去演繹的呢？
黎：其實沒有的，大家常常以為我很了不起，其實不是，我有時也很靠「撞彩」。正如我說，我相信我的演戲能力有一定程度是上天給予我的，我演戲的靈感也是一樣。

其實我不知道上天什麼時候會收回這些東西,但我又著實樂意被收回。或許有朝一天,當我已記不到對白,就知道是自己的天份被收回了。某程度上,我在思想上是浪漫的,我會將很多事情都浪漫化。

問:但不在感情上?
黎:對,不在感情上,而是在思想上、文字上,我在文字上很浪漫的。至於我對於某些角色有沒有特別的處理,其實我自己也不知道。所有事情,我都是交給上天的,我覺得所有東西都是上天給予我的,所以我不會覺得自己很了不起,別人說我怎樣怎樣,我也並不驕傲。要知道上天給予你的,祂隨時可以收回,哪你又有多了不起呢?所以沒有什麼是值得驕傲的,嚴格來說,也沒有什麼角色是我自己覺得處理得很精彩的。

問:同行裡,有沒有哪一位是你是最想多謝的人呢?
黎:(略頓,想了一想)我會多謝我的好朋友——劉青雲。他是一個很強的人,而且思想理念很清晰。他時常鼓勵我,一直都認為我「得」,又常常跟我說:「黎耀祥是『得』的」。他的信念很強,我們認識了二十多年,當我入行做閒角的時候,他就做主角,應該是二十三年前左右,那套合作的劇是《銀色旅途》(1986)。當時大家在 TVB,最初不是很熟絡,而且他是主角,我當然感覺自卑,覺得自己高攀不起,很卑微;但他會很主動地找我聊天、喝東西。

問:那是他做主動的了。
黎:對,是他主動的,我一向都是個被動的人,無論是交朋友或是工作,我都不喜歡採取主動,我是怎樣都沒所謂的,總之有糧

出，有飯吃就行了，其他事也不會理。後來我有問他為什麼當時會主動？他說二十多年前，已看得出我這個演員是「得」。試想一下，二十多年前已經有人說你是「得」的，你說多難得！他又常跟我說，叫我不要讓人；總之，他就是一直都用行動、語言告訴我，我是「得」的。

還有，劉青雲是一個走得很前的人，他的演戲理念比我的早了至少十年；他思考演戲的方向，至少比我早上十年。所以在演戲上，我必須要多謝的人，一定是他。當然，今天大家已是好朋友，不用特地去請教，反正在交往過程中，彼此溝通、交流，他給了我很多的啟示，每次我們在聊天的過程都是有所啟發的。在這個圈子裡，我唯一能夠交流演戲的人，就是他；大家可以一起談論人生和演戲。

有時候，我們兩個家庭外出吃飯，聊著聊著，我們兩個男人就坐到別處，在一個屬於我們的世界繼續談論人生。如果你說今時今日我有這樣的成績，其實也真的要多謝他的。

「我常常喜歡說『感受』的問題，譬如你要用什麼方法
讓觀眾去『感受』一件事，『感受』一個人物，而電影
是容許觀眾有空間去慢慢『感受』環境。所以我也曾在
文章提及，其實電視很難用環境去讓觀眾感受，因為廠
景、戲棚都是假的。」

《賊公阿牛》（1986）

「讀書時，我會在家裡扮蕭亮說話，自己對著鏡子和自
己說話就是了。每次扮演完，往往很開心。整個過程，
沒任何目的，沒任何動機，只覺能夠扮其他人說話，已
經有趣。太太常說，她和我相處這些年來，從來看不到
我在表演上的痕跡，因為，我從來不會向家人展示的。」

《嬉春酒店》舞台劇（1990）

「演戲不是『是非題』，不是好看就不好看，不好看就好看，當中的層次可以分很多種。演員演出是一個團體合作，我不能為此而破壞了彼此的信任。所以，我絕對不會貶低其他對手，因為如果連中間的過程都打亂了，那就沒可能做得好。我也很少干涉別人的演法，只是就著對方的演法去反應好了。」

《杜心五》（1987）

「我認為做演員的必須要有情懷，那是不能教的，就是
看一萬本書也沒有用。你是否一個有情的人，是否一個
對生活環境有觸覺的人，都很重要。我很有趣，我是能
夠『嗅』到秋天的人。以前在西貢居住，一起床就知道
秋天到了；當中有樹香，帶點涼，這就是人對環境的感
覺。演出上，環境其實需要靠演員的感覺帶動出來，再
讓觀眾通過演員來感覺環境，這個感覺是會傳開去，如
果演員沒有這個感覺，觀眾也不會有。」

《大家族》（1991）

「演戲這一行很難捉摸，不成功固然不快樂，成功也不
代表快樂，因為演戲涉及精神上的創作，不是純粹的物
質滿足。尋求角色的過程很痛苦，像不斷摸索一個生
命。倘若真心、認真的演戲，必然不會快樂。」

《黃土恩情》（1991）

「一開始，我便不愛帶傳呼機入廠（片廠）拍攝。在我來
說，入廠後便感覺自己可以跳進另一個世界，和現實世
界失去聯絡，也不用理會現世有什麼人什麼事找我。只
要能夠入廠，我便開心，樂得成為這個世界的人。以前
已是這樣的，只是以前不會想到原因，現在我可以將它
具體化說明。」

《人在邊緣》（1990）

「身為演員，是要配合劇本演出。正如劇本要角色
『死』，就讓他『死』吧！同一道理，角色是一個很土、
很醜陋的人，就讓他老土和醜陋吧！這跟黎耀祥本人無
關，我只是忠於角色。有些人會覺得演這樣的角色不
好，但在演員角度上，並沒有好看或不好看的，只有演
得好與不好。」

《霓虹姊妹花》(1990)

「戲劇世界裡，我們只把有用的東西給別人看，放在這把尺下，日常生活裡有很多東西在戲劇世界是被視為『沒用』的。例如我在這裡用十分鐘等一個人，真實過程可能只有一兩個動作；但放在電視或電影裡，是沒有可能這樣呈現的。因為齣中如果沒有要表達的意思，一個演員是沒可能在鏡頭前坐上十分鐘，然後起身離開。沒理由要把它完完整整地拍出來吧！所以大家常以為一些『長鏡頭』特別慢，其實不然。」

《新楚留香》（2001）

「《西遊記》『豬八戒』一角真的很受歡迎,當時很多傳
媒訪問我,但劇集過後,時間久了,就沒有了,記者們
都不會再理你,拍照也不會再找你。後來我想通了,每
次拍完戲,做完宣傳或公司要我做的事後,我就離開,
完成了那個形式就行了。如果大家有誠意找我做訪問,
可以打電話給我,而不需要我在那裡等,又或者沾邊兒
和主角合照,『博』出鏡,這些都是不需要的。」

《西遊記》(1996 / 1998)

「我常常都覺得，角色和演員之間的關係是好朋友，
『他』就是你身體裡的好朋友，當戲一完，角色就會永
遠離開自己，你也只能將『他』放在回憶裡。譬如我現
在也可以回憶起很多以前的角色曾在自己的身體裡，像
《楚漢驕雄》的韓信、《情陷特區》的知識份子，我現在
還深深地記著他們。」

《楚漢驕雄》（2004）

「所以演員要學習的是哲學，而不是電影，如果沒有哲
學這個基礎，所有表演都是空泛的。當然，有哲學作為
基礎，也需要通過表演技巧表達，其實兩者缺一不可。
在我來說，好的演員就要成為一個哲學家。其實其他藝
術也是這樣，試想想，如果藝術不能牽涉到人類最深層
的精神層面，那藝術就沒有意義了。」

《畢打自己人》（2009 / 2010）

「我整天在思考演戲與人生的關係，雖然說演戲是假，
但做的過程裡，同樣很真實地經歷，例如咬著骨頭跑，
真的很辛苦，跑完一身汗，腳足足痛了三天。又好像運
米上山，沉到湖底再游上來，拍這些場面真是拍得很用
力。跟柴九經歷過那麼多場面，自己也好像經歷了一段
人生。」

《巾幗梟雄》（2009）

「劉醒是我偏愛的一個角色，刻骨銘心的情，一代中國
人的苦難，到現在仍然無法取代。」

《巾幗梟雄之義海豪情》(2010)

「《大太監》的李蓮英，卑微的出身，卻遇上翻天覆地的
命運。」

《大太監》（2012）

「《造王者》是一部拍得非常辛苦的戲，天氣炎熱，人物
亦經歷艱苦。」

《造王者》（2012）

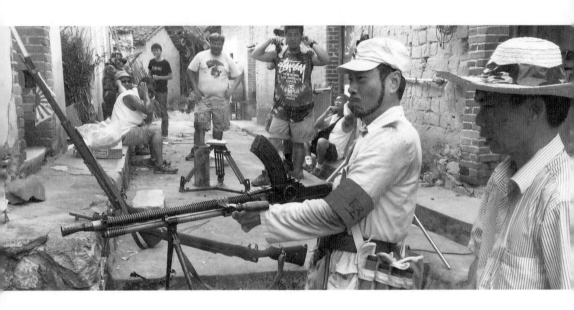

「《喋血長天》在內地拍攝外景，用的是有幾十年歷史的
真機槍，當年它可能真的被用來衝鋒陷陣。」

《巾幗梟雄之喋血長天》（2013）

「有好的演戲對手，如魚得水，整個拍攝過程都是一種
享受。」

《載得有情人》（2014）

「舞台劇跟電視和電影的短時間演出，真的有很大分別，從記憶方法到演出時的瞬間反應安排，都值得再三研究。」

《星海留痕》（2014）

「電視和電影的演員拍攝外景時，都要學習面對天氣的
影響，再熱都不能擾亂情緒，有點自我催眠的狀態。」

《公公出宮》（2014）

「《梟雄》是近年難得一見的大製作，亦是一個久違了的
反派角色。」

《梟雄》（2015）

「2009 年首奪『視帝』，還連奪三獎，好像是上天送給
我一家三口的禮物。」

「2012 年電視史上首次全民投票選出的『視帝』，是首次亦可能是唯一的一次。」

形體設計

機關算盡還是自然演出？

演戲演了多年，問題依然不停地發生，不同的演法與不同的觀念不停地出現，「太陽底下無新事」並不適合用於演戲的世界裡面。

看了兩部電影：丹尼爾迪路易斯（Daniel Day-Lewis）的《黑金風雲》（*There Will Be Blood*, 2007）及瑪莉安歌迪娜（Marion Cotillard）的《粉紅色的一生》（*La Vie en Rose*, 2007），因為想比較兩個演員的演法。兩者都是演繹角色人物傳奇一生，兩者都需要改變自己本身的特性及加上大量形體設計來演出。

丹尼爾在《黑金風雲》裡是一個開採石油的商人，是一個奮不顧身，凡事親力親為，勇於冒險甚至是玩弄手段以求達到成功的一個人。所以他用的眼神是堅定的，深不可測的甚至是兇狠的，而他的形態亦是硬朗的，特別在最後一場，他把那神父殺掉的一場，從進場開始，他用微弱的身軀來表達他那傷痕纍纍的採礦經歷及年紀老邁的不同，但他那步伐卻依然是硬朗堅定的，及至中段他把內心的仇恨訴說出來的時候，繃緊的肌肉及那抽搐的表情神態，足以把那仇恨無限度地伸延至最後動了殺機，整體的推進確實是大師級的示範。

而瑪莉安於《粉紅色的一生》中卻是需要模仿一位實實在在，真有其人的女歌手，當中難度就在於形體設計甚至聲音語調都需要仿似當事人的模樣，而不能憑空想像，胡亂安排。這樣的演出，特點是有法可依，有真人可供參考。但問題亦同時出現，怎樣才

能做到內外如一，既能有當事人的相同形態，亦可帶著真實的心態來經歷當事人的一生，當中的難度可想而知。因為當把注意力集中在控制形態的時候，有時會兼顧不到內心的情緒；而當注意表達情緒思想時，又會把你拉到內心感情深處，因而完全停止了模仿當事人的形態及表情。當然，兩者的確是演得出色，可供其他演員參考的地方亦很多。

而今我反思的是，「戲」是應該要精心設計地去「演」，還是要自然舒服地去「演」？我覺得近年流行一種演法：「淡淡地」，「淡淡地」就是自自然然，不用刻意去表達的方式，很多人覺得「刻意演戲」已經不合時宜，但不「刻意演戲」又能否表達角色的心態又是另一個令人深思的問題，看完前面所說的兩部電影之後，我覺得精彩完美的設計式表演，配合足夠的內心情緒，亦是能給觀眾帶來賞心悅目的觀影過程的。

畢竟變化萬千，不拘形式才是那令人嚮往的演戲世界。

沒有一成不變的方法學

關於所謂「自然派演法」及「刻意演戲法」之抉擇，一直都令很多演員感到矛盾，有點進退兩難之感。因為前者之演法有可能被批評為沉悶而缺乏戲劇性；後者之演法就有可能被批評為老套而做作。

很多年前曾經看過一個電視劇集，當中很多主要演員都是那些崇尚「自然派」之演員。當看過數場戲之後，已感覺眼皮下垂，心跳放緩，真的是悶出鳥來。

那些演員總是在鏡頭面前裝出一副「泰山崩於前而不動色」之表情，時而眉頭深鎖，目光呆滯；時而停頓數秒，以表達角色之深思猶疑；時而忽地爆出對白，訴說著角色的感情感受。反過來說，有些喜歡「刻意演戲法」之演員同樣會有一些既定演法，他們總是要滿足一種傳統戲劇之表演程式：「感受、判斷、反應」，他們不單止會做，還會加倍地做，惟恐觀眾看不到他們那精湛之演出。

其實兩者之演法誰是誰非，實在難分勝負。我覺得演戲應是無分派別、無分方法，關鍵在於戲劇之體裁與需要。就正如中國之水墨畫與工筆畫、西洋之印象派與抽象派之畫風，分別就在於意境不同、手法各異，而各種畫風亦必然有其極品佳作，流傳千古。

很多出色的演員演出自然，真摯感人，生活感極強，絲毫沒有

演戲之痕跡。說到這裡，想一提由韋史密夫（Will Smith）主演之《尋找快樂的故事》（The Pursuit of Happyness, 2006），故事由真人真事改編，描述一個人怎樣從那艱苦的生活當中掙扎求存，雖面對逆境亦不斷向前。可幸的是導演與演員都不是那些執迷煽情、努力榨取觀眾眼淚之輩，戲中沒有歇斯底里之不忿、沒有自怨自艾抱頭痛哭之所謂「感人場面」、更沒有找個「反派演員」出來盡情折磨主角從而令觀眾心生同情。我看到的是主角就如同我們生活中每一個人一樣，失業就去找工作，沒有地方住就去找一晚容身之所，有一絲希望就去把握機會，真真正正地在生活生存。觀眾就和主角一同共渡難關、一同呼吸、一同感動。

演戲之好與壞不在於演員用什麼方法去演，而在於演員是否演得好。演技從來無分派，個別演員才有分高低，與其沉迷那所謂潮流時興，倒不如切切實實地投入生活，尋找那與生活緊扣之戲劇世界。

情理之內，意料之外

「喜劇演出」是很多人都覺得很困難的，演得不夠就毫不可笑，演得誇張就變成了硬滑稽，令觀眾哭笑不得。那麼，「喜劇演出」是否有一定的標準呢？個人覺得能夠令觀眾開懷大笑的，不外乎兩種元素：第一，劇情中充滿滑稽可笑的事件與氣氛；第二，演員那滑稽可笑的動作。

第一種元素其實有一個永恆不變的喜劇定律：「情理之內，意料之外」。最近看了《變形金剛：狂派再起》（ *Transformers 2: Revenge of the Fallen*, 2009），當中加插了很多喜劇元素來增加娛樂性，如一開始男主角出場時就是要離家往外上大學，他媽媽卻嚎啕大哭，這是一個「情理之內，意料之外」的設定，因為上大學是個很普通的升學過程，而媽媽卻做出了一個極度悲傷的表現，揭穿了，原來是因為她找到了男主角初生時穿過的一雙小鞋子，一時感觸落淚，這是將「意料之外」這元素再次發揮。

還有的是，這父母在兒子面前狂說一些「鹹濕」說話亦是一例，因為之前營造的是父慈子孝，一對溫馨的父母，轉過頭來卻是粗鄙不文，這亦能夠做出相同效果，引觀眾一笑。而當男主角跟「大黃蜂」說要離開時，「大黃蜂」哭出眼淚亦是一例。因為大家都會假設機械人是沒有眼淚的，然而當它哭出眼淚時，也正正能夠做到「意料之外」的效果。

這個戲還有些是屬於第二種元素的笑料，就是演員作出的表演引

領觀眾發笑，例如男主角他們一夥人帶同電槍，深入敵陣時，男主角的同學「手騰腳震」地把那保安員電倒，之後亦「烏龍」地把自己同時電倒，兩個人躺在地上一直搖動，好像是停不了在觸電的樣子。想深一層，其實真的給電槍電倒，反應可能是即時暈倒，但若然真的是即時暈倒，這場戲又可能做不成一個搞笑的場面了。所以，這場戲的處理，不單是發揮了「演員表演動作」這搞笑元素，還要犧牲了事實的合理性，才能產生效果。

所以，喜劇的效果有時真的要作多方的考慮，從合理到不合理，事件設計到形體設計，但最終總離不開一個喜劇的原則，「情理之內，意料之外」。

鋪排「情理」，營造「意外」

喜劇的效果雖然可分為「可笑的事件」及「可笑的演員」，但總離不開那「情理之內，意料之外」的定律。其實所謂「情理之內」是可以被營造的，有時候導演或演員要突出一個好笑的點子之前，總會刻意安排一個「情理之內」的事件或印象給觀眾，讓觀眾首先接受了那個「情理」，然後才來一個「意料之外」，從而達到一個令觀眾發笑的效果。

再舉《變形金剛：狂派再起》裡面另一例子：經歷重重險阻之後，男女主角與另外兩位男配角在野外休息一夜，準備天亮再起行，復以尋找破解能量石之謎。導演多番營造，令這場戲有點山雨欲來之勢，而女主角亦乘時希望男主角於這決戰前夕向她說一聲「我愛妳」，但經歷多番折騰，男主角依然不肯明言，難免造成這對戀人之間，恍惚留有點點遺憾。這場戲如果落在一個正劇（Drama）類型的電影裡，會是一場重點感情戲；但當然，如今這場戲的處理還有另一個任務，就是突出之後的一個笑點。前者是男女主角花前月下、相擁於懷中，原來鏡頭一轉，卻只見兩位男配角也是相擁而睡，引得觀眾哄堂大笑。

說句實話，這是一個「老掉牙」的喜劇安排，古今中外已曾經用過千千萬萬次，一點新鮮感也沒有，但為何觀眾依然哄堂大笑呢？這必然要歸功於那「情理之內」的安排。倘若沒有之前男女主角那場旖旎情戲，讓觀眾與他們一同步入那感情世界，就無法突出之後的「笑點」。「笑點」之前必需要讓觀眾的心平靜下來，

好讓「笑點」出現之時，可跟之前的氣氛凝成一個強烈的對比，對比做得愈大愈強烈，爆笑效果也就相應愈大。

所以，觀眾看到的每個「笑點」，當中都是經過導演及演員苦心經營的。有時爆笑效果差強人意，往往多是因為之前的「情理」營造不足，而非之後的「意料之外」不夠，可見「鋪排」比「笑點」更為重要。

有些硬滑稽的演員總喜歡在「笑點」之前加上無限豐富的表演，欲蓋彌彰，事先張揚，觀眾一看已知道你什麼葫蘆裡買什麼藥，試問又何來喜劇效果呢？願與各位喜劇的演員共勉之！

別抹煞應有的自然反應

日常的動作有時會被演員誇張地演繹，但亦有一些演員選擇一種過份低調的演繹方法，來演出每一個反應及每一個表情；這種過份的低調，有時是過份得有點神龍見首不見尾，不知他何時開始表達、何時已經結束，由始至終都是一個表情——目瞪口呆。

很多演員都明白，戲是從心裡演出來的，於是他們都很注重以內心去演繹，希望由內在的感覺發揮到外在，從而令觀眾明白角色當時的心態，但世事往往事與願違。這些演員很多時做出來的表情，就只是兩眼呆望一點，甚至再加一個雙眉緊皺的動作，企圖鎖緊雙眼，令觀眾專注看他眼中的內心世界，但這一切一切，卻只會令觀眾看到他們內心的空洞，表演的浮面。

經常思考的一個問題是，當人們在思考的時候，他的雙眼是「動」還是「不動」，假如是「動」，是怎樣的「動」？又或假如是「不動」，又怎樣的「不動」？曾經聽說過，人在做夢的時候，眼球是會不停地轉動的，個人覺得這個事實，正好說明了「思考」或「腦內的動作」與「眼球的轉動」是有相當關係的，如此類推，我們甚至可以假設，當人在思考的時候，眼球是在「動」的；但思考的內容又會否影響眼球的轉動呢？

曾經有過一個想法，當人在回憶一些往事，而這些往事就好像菲林一般在腦裡放映時，人的眼球轉動應該不會太大，因為這時候腦內和雙眼活動，就等同是觀看自己以往的片段一樣，當雙眼專

注看著自己的片段時，轉動可能相對上是較為細小的；但相反，當你聽到一些説法，而這些説法是帶動你的內心作出百般思考、設法去面對和應付的時候，你的眼球就可能會不自覺地轉動，情況就好像做夢時的生理反應一樣，大腦轉動而令到眼球不自覺地轉動起來。

以上這種想法還需要多一點時間去求證及實驗，在這裡提出來，只是想説明一點，有些動作在我們日常生活中，是會不自覺地產生的，演員切勿因為要避免多餘的動作，而把必須的動作都刪減掉，亦不要刻意作一個特別及與眾不同的表演，而抹煞了人們應有的自然反應。

總之，現實與戲劇中的真真假假、有有無無，還真的需要我們再三思考，反覆求證。

不作多餘的演出

傳統戲劇的表演方法跟現實生活的情況，兩者有時是背道而馳的。傳統戲劇是努力與人分享故事，盡量令人明白，積極表達角色的每個情緒、每個細節；但當人在現實生活中的時候，卻是不大願意流露真實感情，對一般的人總會有一些保留，而且善於隱藏自己的反應。所以，從兩者中找出一個平衡點是非常重要的。

有些現實生活中的動作或習慣，本來是順理成章，流暢自然，毫無表演成份的。然而，當這些動作或習慣被加進戲劇之中時，就會被不自覺地放大來演出，就好像「刷牙」這個我們每天都會做的動作，現實生活中的人可能只是默默地垂下頭來刷，但當戲劇中有一段刷牙的戲時，不知為什麼，演員就會把頭擺來擺去，時而仰頭，時而俯首，又會把口張大收細，齜牙咧嘴，總之在刷牙這個活動上，加上過百個動作，以令觀眾知道自己正在刷牙。又如「洗面」這動作，一般人都是靜靜地很快把面部清潔完畢，就掛上毛巾，然後離開；但當戲劇中加上了這「洗面」的動作時，情況又變得不一樣了，你總聽到很多演員在洗面的同時，加入了很多呼吸聲、嘆氣聲、嗽嗽呀呀，就好像剛給自己面部做了一個「超級療程」。

其實還有很多很多相雷同的例子會出現在我們的演戲當中，所以演員必須要經常警惕自己，不要墮入諸如此類的陷阱當中。在演出《畢打自己人》（2009）的時候，其中有一個場口是令我要小心處理的，就是在電腦前面上網寫 Blog（網誌）的時候，因為我想

像到的現實生活中，人們寫 Blog 時的氣氛、感覺和表情，應該是木無表情，只專注地去看，經思考後再專注地去回應；換句話來說，就是當看 Blog 的時候，不會做出每看一句就會有一個反應表情的，但很多時，當中的對白會很容易帶動了你去作出反應，所以我也會經常提醒自己，不去做出一些多餘及虛假的反應動作，以免自己走進這些萬劫不復的陷阱裡。

當演員相信自己的真實感覺，以及信任劇本的表達能力時，演員真的不需要作出多餘及無謂的表演。演員的責任，是盡情地把自己浸淫在那虛幻世界當中，好好地過那另外的生活，渾然天成。

懂得演戲，遺忘生活

看了賈樟柯的《任逍遙》（2002），令我回想多年前的觀影經驗：台灣的侯孝賢、楊德昌等導演名字，灣仔的影藝、新華戲院，不知道戲院名字有沒有記錯，因為真是很久以前的事。

以前的與現今的所謂非商業電影都有個共通處，就是節奏比較慢，運用一個鏡頭長時間拍攝的機會比較多。《任逍遙》中，開首不久就有一個鏡頭見主角坐在一旁，聽著一個閒人在唱自以為是的歌劇，跟著主角再走到另一角落看人家在打桌球，然後又坐到一旁與朋友閒聊，整個氣氛充滿著無聊與散慢。在這種體裁中，演員要演的不是大情大性，也不是精彩的故事、曲折離奇的際遇；演員要演的是生活在那氣氛當中，讓氣氛感覺包圍籠罩自己，而令觀眾看到導演想建構的生活，一同進入導演所說的故事當中。

<u>演生活化的戲有時並不容易，演戲演得太久會將生活遺忘，一切都變得要活在指令當中，一切都要以表達為優先考慮。</u>很久很久以前，電影電視演員的演出都很受舞台劇的影響，而舞台劇又很受以前演出環境的影響，就正如戲曲一樣，都各自衍生了一套獨特的文化、語言及寓意等等，例如戲曲演員在台上拿著一支有絮的短桿，前面由另一演員作一個領馬的姿勢，就代表這人在駕馭著馬，因為總不能放一頭真馬在台上演戲吧！

而很久很久以前，舞台演員也同樣發展了很多很有表達力的動作

及語言，例如嗅到有些異味時，演員就會用手在鼻前擺來擺去，以表示氣味難聞，因為從前的觀眾觀賞演員時的距離實在太遠了，而當時亦沒有科技的幫忙，所以演員必需要做出一些動作令觀眾看到和明白。其實，大家想深一層，當嗅到臭味時，還在鼻前擺弄，豈不是更將臭味撥進鼻中，此舉真是「搵自己老襯」！

正如前面所説，戲演得多真的會把生活忘記，將一直演出時的習慣變為真實的生活。<u>很多演出時常用的反應變為理所當然，慢慢地演員就離生活愈來愈遠</u>。從新生活再出發，找尋生活中的真情實感，是我經常提醒自己的座右銘，但願能演出有血有肉的角色，觸動萬千觀眾的心靈，共同在故事中一起呼吸。

「生活」的重拾與解構

演員的演出可以是很「戲劇化」，亦可以是很「生活化」的，事實上兩者都有它的效果及表達能力。前者是利用技巧及通過設計和計算，用外在表達的符號來令觀眾明白角色的內心世界，從而勾起觀眾相同的感受；而後者，亦即「生活化」的演出，就是要令觀眾置身於演員的世界，而演員亦走進觀眾的世界當中，與觀眾一同呼吸，一同生活，令觀眾產生共鳴，令觀眾看到一個如同真人真事的故事。再通過這樣的感受，從而反思自己的生活態度及對生命的價值，改善人生。

要做一個「生活化」的演出並不容易，首先要演員明白什麼是「生活化」，亦需要演員懂得什麼是「生活」和如何去「生活」。「生活」就在你我的旁邊，但不是人人都能夠看得見，看得見亦未必能夠把「生活」揪出來，昇華為令人明白的演出。相信大部份人都有以下的經驗，哪怕你是多麼的活躍、多麼的好口才和喜歡說話，只要放下一部攝影機在你面前，你就會即時變了另一個人，結結巴巴，尷尷尬尬的，所以，把「生活」揪出來化為演出並不是一件容易的事。

很多人說演員需要多「觀察」，觀察身邊的人和事，其實這只是做對了一半；我覺得演員開始的時候及經常要做的是「觀察自己」，觀察自己的行為，觀察自己的心態及心理的轉變，從而把它們化成表演的能力。有時很簡單的「生活化」動作，在正式拍攝的時候，一些演員還是會「生生硬硬」的如同機械人一樣，

出現這種情況就是因為演員還沒有明白「生活」，沒有把平常的「生活」拆解及分析，當緊張的時候，大腦就把注意力集中在你緊張的事項上面，而忘記了一直都表現自然的生活上動作。

《禮儀師之奏鳴曲》（2009）中納棺社長的表演，真是一個生活化表演的好例子。初見男主角的那場戲，社長從口袋中把香煙拿出到坐下抽煙，整個過程就如同周邊任何一個老人家，一樣做著如此動作，又看他與男主角吃那河豚的時候，他的表演就只是「吃它」，而觀眾也看得津津有味。所以，不要看輕任何一個生活上的動作，「它」可能是下一次你表演的重點。

「生活化」演出與劇本配合

「生活化」的演繹要做到有真實感和感染觀眾並不容易，演員必需要很了解生活，了解人類在生活中所作出的反應程序。演員還要時刻警惕自己切勿做出些表面化的表情，因為演員總有一個心魔，就是怕自己的表演不能令觀眾明白，於是把所有表演都集中在外在的表達，而缺少了內在的支持，甚至流於虛假造作的表演技巧，反過來把缺點一一暴露於觀眾面前。

很多年前看到日本已故巨星緒形拳於《我要復仇》（1979）的演出，其中一場戲我到現在還是記憶猶新，甚至今我再三反思，這就是他殺人時的演法。殺人期間，緒形拳沒有咬牙切齒的表情、也沒有故作辛苦的氣喘，眼前的他專注地把對手置諸死地，沒有刻意的停頓，沒有虛假的反應，你看到的是他真正地在殺人，他的腦海裡就是想盡辦法快完事，並於殺人之後速速把屍體收拾，盡快處理好現場的環境，然後盡快離開，一切都進行得如此真實，令人目瞪口呆。

事實上緒形拳的「生活化」演出方法，一直沿用於他每部作品之中，《火宅之人》（1986）是他的另一代表作。但「生活化」的演出還是需要劇本先作出一些對比性較強的描寫，才能讓角色不至於過份平淡。

緒形拳於《火宅之人》裡飾演一名中年男人角色，因孩子染病及妻子變得有點精神錯亂，從而加強他有外鶩之心。假如只說他兩

夫妻是互不溝通而導致情感疏離,「生活化」的演法可能就較難表達得「到位」,所以,還是需要一些「事件」發生,來推動角色心態的轉變,從而引領觀眾投入角色的步伐,向接下來的際遇邁進。

「生活化」的演出有時還需要找一些場景來一個突破平淡節奏的演出,否則,單單一個節奏演至完場,即使是大師級演員也未必能被人接受及讚賞。《火宅之人》中,緒形拳的兒子死去,他在醫院裡的表現時有著歇斯底里的失控,這場戲可說是他這角色於整部戲中唯一宣洩的場景,亦在平淡「生活化」的演出當中,加上精彩而跌宕的情緒轉變,讓觀眾再次關注演員的遭遇,亦能讓角色不會因「生活化」的演出而變得沒有神采。所以,再精彩的「生活化」演法,最終還是需要劇本來配合的。

內外懸殊的深度演出

演員很多時候都會被問到還想扮演什麼角色？有些演員自己也會想去扮演某些角色，這些角色通常是比較特別的，可見特別的角色確能帶給演員衝擊及動力。《奇幻逆緣》（ *The Curious Case of Benjamin Button*, 2009 ）當中，畢比特（Brad Pitt）的角色相信是特別角色中的表表者。一個生下來擁有老人家的身體機能，嬰兒的軀殼，隨歲月流逝年紀愈大，其身體機能就愈年輕，是名副其實的反老還童。

單看這角色的設定，腦裡就已經產生了很多很多的問題，除了用特技化妝來塑造外形，演員還可以靠什麼方法去演出一個這樣奇特而不真實的角色呢？

當主角畢比特心智是幾歲的時候，外表卻是一位老人家，那又該如何表達呢？有一場戲是畢比特坐在輪椅上，在好奇心的驅使下，他嘗試推著自己的輪椅走下梯級往外面看看，由此可見，他的好奇心就是一種童心的表現；而當之後被人阻止，把他拉回的時候，畢比特做了一個受驚而雙手捲縮胸前的動作，整個形態就有著一個嬰兒的味道了。還有一場戲講述他被人帶去喝酒上妓院，對方問他有沒有性經驗的時候，他先作了一點停頓然後才回答，這節奏亦確能表達那種孩童式的無知。

最難演的段落相信是電影中段，畢比特的角色年紀漸長，身體機能亦漸漸成熟，他於是只能靠那沉厚的聲線來保持老年人機能的

本質，而導演亦細緻地安排他開始騎電單車來表達他那年輕的特性。往後有一場戲，女主角姬蒂白蘭芝（Cate Blanchett）車禍受傷留院，畢比特趕赴醫院，他以敏捷的身手跑上樓梯，坐下等待時才隱隱流露出沉穩的年齡特性，這少少的對比演出，才稍稍顯出那角色當時的特性，可見好演員真是時刻都不能放過演出的機會啊！

到了後段，畢比特回來看姬蒂白蘭芝及自己的女兒時，內心演得沉重老成是相對較為容易的，亦因為這時的劇情已發展至比較傷感沉重，然而矛盾是，畢比特在形態上卻不能做出特別強調年輕特質的戲，所以在這階段，始終是最難演出角色特性的階段。

從演員角度看，這角色能發揮演技的特色場口沒有太多，能演的方法亦真的要經詳細設計才能演得精彩，才能表達那身體機能與年齡思想成反方向發展的奇特，結論是一個字——難！

為角色設計動作

在每次演出當中，演員都會設計角色的動作及表達的方法，而這設計又必然要配合角色及導演的鏡頭表達。好的設計不單能要突出角色，還有利於與下一場景的情緒連接，把角色的人生及經歷畫成一條完美好看的曲線。

電影《愛‧誘‧罪》（Atonement, 2007）中，男主角占士麥艾禾（James McAvoy）與女主角姬拉麗莉（Keira Knightley）因小誤會而吵架，男主角決定寫一封道歉信給女主角。導演以碎鏡拍攝男主角構思道歉信內容的情況，時而轉椅、時而仰頭、時而抽煙，有個鏡頭是他坐於椅上伸直腳，做了一個拉筋的動作，連串的動作必定不是偶然的，這些動作是要帶出主角那年少輕狂的個性，即使是道歉也不是一般的傳統嚴肅，亦因為他的輕狂而玩味性地寫出一段帶有性變態的句子，而這段句子最後被錯放在信封裡送了出去，造就後來連串不幸事件發生的種子。男主角帶著信離開房間的時候還用信封輕敲門邊，當中再加強主角那年輕輕佻的感覺。連串的設計既表達出角色的性格，亦與角色接著遭遇的沉重坎坷形成強烈對比，精彩突出。

占士麥艾禾還有一個反應是可供研究的，就是當所有人都以為占士是性侵犯小女孩的嫌疑犯時，他剛好找回離家出走的孖生兄弟回家，其時所有人都走到門外等他，而他走入鏡前，看著女主角的反應是輕鬆微笑。其實他這個反應可以有兩個選擇：因為當時那麼多人站在門前，而當中包括有警員在內，他大可做一個驚愕

的奇怪狀，表示不知發生什麼嚴重事情的反應；但他選擇做出一個因尋回離家小孩而欣然開心的反應，這選擇確是比前者優勝多了。因為這開心反應與緊接被帶上警車的情景形成強烈對比，亦因為他的開心反應而更令觀眾擔心他的危險處境，當中加強了追看的可觀性。

《愛‧誘‧罪》的確是一部精彩的電影，無論編、導、演三者都同樣出色，作為演員，真的羨慕占士麥艾禾能夠演出這不平凡的角色，當中感人的演繹，令人回味再三，揮之不去！電影中還有兩場令人感受頗深的戲。

其中一場是有關情侶再遇重逢的戲，雖然是愛情悲劇的必然場景，但精彩的演出依然是扣人心弦的。男主角因自願參軍出征而離開牢獄生涯，臨出發前於餐廳巧遇當了護士的女主角，當下兩人坐下來訴說衷情。其中二人的情緒轉變及形體設計都是可供研究的。

久別相逢，內心當然有說不完的話；但離別多時，又難免有點距離與生疏，那麼該如何開展這場戲呢？電影裡就由女主角替男主角的咖啡加糖開始，女主角已忘記了男主角加糖的習慣，需要男主角作出提示，這設計正好表示了雙方的隔膜，而打破隔膜的動作，就是當男主角左手以茶匙攪動咖啡的時候，女主角主動捉著男主角放在枱面的右手，這時，男主角攪咖啡的動作開始慢下來，最後左手「跌」在杯旁。請注意，那是「跌」在杯旁，而在「跌」之前，其左手還要輕輕碰到杯邊，這短短的一個動作，其實包含了豐富的情緒：再次接觸愛人的手那份觸電的感覺，內心想表達但又不敢表達的情感被那溫柔的手掀動，於是崩潰的情

感宣洩，就由軟弱無力而癱瘓跌倒的左手開始，接著就是男主角訴説事件的遺憾及對女主角的深情，整場戲正因為有好的演出設計，而推展順利，一步一步地把男女主角及觀眾都拉到那情感當中，真摯感人。

而另一感人及可供參考的場景，是最後有關女主角的妹妹，即那誣告男主角的小説家老了後，接受訪問時從頭細訴整件事的始末及自己的內疚。導演就只用了幾次慢推靠近的特寫鏡頭，讓演員充分表演及控制整段的節奏。觀眾大可以看到她掌握節奏的能力，什麼時候要慢，什麼時候要停，全都配合她對白中內容的嚴重性，通過她的眼球轉動及停頓，觀眾就跟她一同回到過往的事件上面，歷歷在目。

<u>好的演出是：演員看到的，觀眾就會看到；演員感受到的，觀眾都會感受到。演出不求虛偽掩飾，但求感同身受。</u>

辛潘的男同志演繹

演員在演出的過程中，除了要為如何創新而傷腦筋之外，還要時刻提醒自己不要墮入一個惡性循環裡——　這就是因循「一般舊有框框」的演出方法。「舊有框框」不單妨礙了你創新的思維，還會像夢魘般纏繞著你，令你不斷不斷地做著同樣一般的陳腔濫調，而且還會愈做愈自在，愈做愈起勁，彷彿自己找對了方向，找對了適合的演出方法，從而不能自拔。演出娘娘腔或男同性戀者的角色就是其中一個陷阱，一般「舊有框框」的演出方法就是腰肢左搖右擺、頭側側、經常擺出一個 S 字身形、說話「姐聲姐氣」兼提高八度，又或雙手像蘭花般吊在胸前。

如何演繹一個男同性戀者的角色著實不容易，既要令人明白角色本身的身份特殊，又不可以落入一個「舊有框框」的模式。所以，適當地運用形體的表達，再配合豐富的女性（陰柔）內心心態，才能演出一個有諸內亦形諸外的男同性戀者角色。辛潘（Sean Penn）憑《夏菲米克的時代》（ *Milk*, 2008）中的演出，奪得影帝確是實至名歸，因為他在整部電影中的演出方法是那麼恰到好處，該露的露、該收的收、該放的放，角色的喜怒哀樂都能夠一一表現而不失分寸。

他在出場時以飽歷滄桑和黯然神傷的情緒訴說著他從政的漫漫長路，感覺是溫文而憂傷，軟弱而失落，沒有任何一般所謂「男同性戀者」的特徵。而接下來的那場，就是他數年前邂逅其男朋友的場景，只見辛潘盡帶女性嫵媚，騷在心裡，眼角含春，頭部還

不時輕擺兩下，猶如一個懷春少女的萬種風情。因為有這樣一場的女性化演出，之前的那場就確是毋須表露任何一丁點男同性戀者的特徵，他只管演出那份憂傷就已經足夠了。因為上述兩場戲帶來的效果已能做到互相配合及說明，演員恰當的演出就能做成對比，令觀眾感覺舒服而真實。

以上是兩場連接的戲以兩種演繹對比來突出角色性格。然而，怎樣於一些場景中以較為複雜及多變的演出方法來表達角色呢？電影中辛潘還是能夠做到很多種不同配搭的方法，也是值得讓大家研究參考的。

要知道演一個娘娘腔或男同性戀者的難度，除了要小心避過舊有模式的限制，還要考慮如何演出他的喜怒哀樂。如果演得過火，觀眾看到的可能只是一個潑婦罵街，或是一個神經失常的人在鏡頭前手舞足蹈。

辛潘在《夏菲米克的時代》中有幾場戲就是巧妙地利用一兩個形體動作或感覺，來表達他作為男同性戀者的特徵，而又不失展現他情緒一面的演出。

辛潘與他的競選對手辯論的時候，他的語氣是帶自信的，他的情緒也是一步一步顯得激動的，而到最後更是決絕地總結他的論點，但完成演說之後，他卻以單手托腮的姿勢望著對方，眼神堅定卻身形柔弱，正正能夠帶著他的「身份特性」，來表達角色情緒的一種方法。這方法是先做「情緒方面」需要表達的演出，然後再以「身份特性」的形體動作來總結整段表演，一先一後的演出清楚分明。

還有一種方法就是將特定的形體動作滲入整段表演當中，讓特定的設計貫穿整個情緒演繹。在差不多電影尾段時，辛潘走到一個集會的台上，在眾多支持者面前激昂地進行演說，他先是手握拳頭，在適當的時候揮動拳頭以加強他的演說力量，他握拳的方法有點像我們中國人說的「鳳眼拳」，有點像女性握拳的姿態。所以，整段演說下來，即使辛潘的語氣還是那麼慷慨，情緒還是那麼激昂，即仍不失其角色身份的特徵。辛潘不需要做那些「姐聲姐氣」的老套演繹，但又不會削弱角色當時的激動情緒，這確是一個非常恰當的設計。

而在表達憤怒的情緒時，相信辛潘亦是經過精心計算的：當他的男朋友離他而去，他是如何宣洩自身憤怒無奈而委屈的心情呢？辛潘選擇了把拿在手上的雜誌往空中狠狠一揮，而沒有那些傳統把東西掃落地上的演法，更遑論大吵大鬧。他這樣做，既展示出角色那女性陰柔的一面，亦沒有破壞作為從政者的一種冷靜成熟的態度。

當然，辛潘那尖而薄的聲線對他的演繹是有錦上添花作用的，不單止能夠把他本身粗暴狂躁的性格隱藏，亦是作為演員的一份修養吧！

小動作設計，大師級典範

每次演出新的角色，除了「填補」其內心的豐富以外，總想在外表上給予角色一些特別的小動作或慣性行為，從而加強角色形象，突出其性格，也令觀眾很快就明白角色要表達的一切。

有時候，當設計的動作未能配合內心的表達；又或者是不能在適當的情節中表現出來時，就會予人一種格格不入或舉止生硬的感覺。例如要做一個粗魯不文的角色，很多演員都會誇大動作，總是無緣無故指天篤地，偶然還要大力拍拍心口以示粗壯；其實環顧四周，再粗魯的人也不會多多造手如打功夫般地說話。

很欣賞《蝙蝠俠：黑夜之神》（*Batman: The Dark Knight*, 2008）中的小丑所設計的一個小動作，希夫烈格（Heath Ledger）經常用舌頭舔那嘴角的傷痕。這個小動作有幾點成功之處：第一，這是一個面部表情之設計，導演要拍任何正面的鏡頭時，他都可以運用這小動作來配合他的演出；在拍攝頭部大特寫時，這小動作的表達能力就更加強烈。其二，這小動作與角色背景相配合，因這傷痕必然對小丑有深遠影響，而發展下去之劇情，小丑亦曾兩次提及這傷痕之歷史。其三，這傷痕是一道極深之傷痕，觀眾看到它就會聯想到小丑一定是曾經受過極大之痛苦及傷痛；小丑一而再地用舌頭舔那傷痕就是不斷令觀眾留意小丑那份傷痛，而傷痕之深亦令觀眾有不寒而慄之感覺。試想想，一個變態冷血的小丑時刻記住及提醒自己過去曾受過的傷害，接住下來，他給人的感覺就是他一定會報仇，而報仇的手段必然是比他的敵人殘酷千百倍。

一個這樣的小動作包含著：它必定能夠被拍攝到及必然被觀眾注意到；埋藏著角色的背景及他行為的原因動機；不斷提醒觀眾他作出殘酷行為與他受傷害的慘痛經歷之互動，把角色的變態想像世界無止境地伸延。這真是一個完美的設計，是小動作之中的一個大師級典範。

補充地說說小丑其中兩段演出：他兩次訴說嘴角傷痕的由來，而兩次都是不同的故事。但兩次的演出都像是千真萬確，令你信以為真。兩個版本都可能是真，但也可能是假，這兩場戲正正表達了他那深不可測及精神錯亂的個性，高手！

形體動作的反向思維

每次演出的時候，總希望每次都有不同的演繹，希望帶給觀眾驚喜，最低限度是不去重複自己或別人演過的方法、或觀眾經常看到的演出。但演出時總要顧及角色的背景、那場戲的效果作用…… 等等，在有限的空間尋求變化就成為一個艱巨的任務。

再談希夫烈格在《蝙蝠俠：黑夜之神》中的小丑。其中一場當小丑與蝙蝠俠正面對決，蝙蝠俠詐作翻車墮地受傷，小丑走近欲致他於死地時，小丑先是小心翼翼拿出小刀作武器，繼而是跳著輕快舞步走近，這兩個動作形成一個極大的反差：一個是凝重的拿刀作戒備，一個是輕鬆的跳著舞。

這兩個動作同時進行就形成一個非傳統的做法，先是令觀眾覺得小丑走近蝙蝠俠時，可能會發生一場危險的肉搏場面，令觀眾感到緊張，但隨即作出一個輕快的表現，當中好像令氣氛作出180度的改變，這令人摸不透小丑的心意，到底他是緊張還是輕鬆，從而令人更有興趣去追看小丑真正的想法是什麼。這就是一個非傳統或非連貫統一的演繹所期望達致的效果，令觀眾產生想追看下去的興趣，亦令觀眾從一個慣性思維之下跳出來，反覆以一個新的角度去思考，明白人性的多面。最重要是令有些可能昏昏欲睡的觀眾醒一醒（不是指看《蝙蝠俠：黑夜之神》的觀眾），加深興趣了解角色的性格及發展下去的劇情。

另一場有著異曲同工之妙的是小丑把醫院炸得粉碎那場口。小丑

走出醫院前竟在醫院走廊處拿些消毒洗手液來洗手。試想想，小丑那時候是否真的需要消毒雙手呢？但他作出這動作就令人意想不到，真是在一個不適合的時候做不適合的事，當然這更凸顯小丑精神錯亂的有趣一面。

小丑走出醫院時的形體動作也是一個反向的思維，他走得像一個洋娃娃、小女孩般趣致，他那回望醫院的動作也有輕微卡通感覺。一個無惡不作，變態兼神經錯亂的小丑表現得如此得意可愛，希夫烈格於一個做成嚴重破壞的行為當中，加入一種有趣的表現態度，既可突出小丑的冷血，亦做到事態與氣氛之間形成一種反差的效果，令一幕只是按動遙控炸毀醫院的場面更有可觀性，這就是一個好演員的重要價值了。

演出目的與行為動機

韋史密夫（Will Smith）是近年一位我非常欣賞的演員，因為他演每部戲都總能帶出一些不同的感覺，給觀眾如看著另一個人在生活及經歷不同的故事一樣，他的感覺是那麼的真實及觸動人心。

在《救人七命》（*Seven Pounds*, 2008）這電影中，他演一個在自殺之前，努力找尋值得他幫忙的人。包括用自己的錢或身體器官相贈，以彌補他之前所做過的一件錯事——因不小心造成車禍而導致自己女朋友及另外七個陌生人死亡。

他在這電影中利用了一個特性來貫穿整個人物，就是十分專注去觀察他所面對的人。「觀察」成為了這個角色的主調，亦同時反映了角色的心態及他行為的動機；因為他要確定自己不會幫助了一些不值得幫助的人，所以他的雙眼總是不會離開他關注的對象，亦因為他這個動作，形成了這角色的外觀特性，而這特性亦強調了角色的心態及背景，互為緊扣，順理成章地帶引整個故事的發展。這設計特色可説是天衣無縫，比起其他演員胡亂安插小動作，有著天壤之別。

其中一場戲是韋史密夫與女主角在草地上放狗的戲，這場戲正是表達他對女主角漸生情愫。當女主角跟他説話的時候，他的眼神幾乎是沒有離開過她的眼睛，即使是一個全身兩個人的鏡頭，他的頭部依然是望向旁邊的她，而沒有回過來向著鏡頭的方向。請大家不要輕看這設計，因為很多很多演員當拍攝這樣位置的鏡頭

時，總會不經意地向鏡頭方向回過頭來作出反應，<u>能夠專注自己角色的特性動作，和緊記這場戲的主要演出目的，不被一些客觀條件影響，確是不容易的。</u>

塑造一個全新的角色時，很多時都要加插一些動作或特色，令觀眾感覺到演員所演角色跟之前所演的有著不同的性格，是一個不同的人物。但注意在加插的同時，亦要很小心地設計這動作行為，必須要與角色的背景及性格動機有著緊密的關連，否則，安排一些沒有意義的動作，只會令觀眾誤讀那人物的性格，減低追看這人物的興趣。

眼神以外的表演途徑

與我同輩的觀眾所欣賞的外國男演員,相信必然包括羅拔迪尼路
(Robert De Niro)、德斯汀荷夫曼(Dustin Hoffman)與阿爾柏仙奴
(Al Pacino)這三位巨星。上世紀八九十年代是電影的黃金年代,
亦是我等剛成為演員的年輕人的觀影豐收年代。以上三位巨星各
善勝場,風格各異,在他們的演出當中,總能夠找到適合自己學
習的方向或形式,亦能夠從他們三種不同風格的演出中,看到三
人不同的思考方式及節奏。

重看阿爾柏仙奴的《女人香》(*Scent of a Woman, 1992*),一直覺得
他是個善於表達自己「正在思考」的演員。電影中,他的表演是
流暢而真實的,而且能夠清晰地令觀眾明白角色當時的想法。在
《女人香》中,他演一位盲眼的退役中校,由於眼睛不能夠有太
多反應及表情,所以他唯有運用其他的方法,幫助他去表達其思
考過程。

作為一個退役中校,必然要有威嚴及軍人風範。在他出場的第一
場戲裡,即第一次與將成為其臨時助理查理面談的戲中,他的態
度就像是軍官對下屬的態度,包括很硬朗地提問,對話中帶點侮
辱性的字句,時而更大聲呼喝等等,都能夠即時營造出那種軍官
的氣度,在對話完畢之後,他又再加上一句「解散」,整個角色
自然立體地呈現在觀眾面前。

當演一個不能用眼神來演出的角色時,就只有靠其他的表演途

徑。盲眼中校與年輕人對話的時候，他用的表演途徑是沒有幾秒願意停下來：邊說邊把玩著手中的雪茄、一隻腳不自覺地輕踏幾拍、深呼吸再挺起胸膛伸直腰板、有點不耐煩似地微微轉換坐姿。

當拍攝面部特寫時，雖然眼神不能有很多很大的變化，但阿爾柏仙奴他卻加強了頭部及嘴部的動作：頭部作輕微的擺動，以表示他用耳朵留心聽著對手的反應及位置；大聲呼喝之後做一點吞口水及鬆鬆嘴部的動作。總而言之，整段戲中他都在不停地動，而這不停地動正好表達其不停思考，不停地思考也正好表達其不停地評估形勢。當然，這種設計可能只切合這帶點神經質及情緒有點跟常人不同的盲眼中校，其他角色卻不能胡亂使用啊！

自信而放縱的演出

演員很多時都會背負著不同的包袱，從演出的技巧到個人的期望，都會影響到演員的表演。年輕時希望自己演出較為成熟，年長時希望自己不會出現老態；女演員演出時希望被拍攝得較為漂亮，男演員希望較為英偉，可見演出的心魔往往在不知不覺中出現。

很多年前演出一個古裝劇《包青天》，我是其中一個案件的主人公。機會難逢，我當然是打醒十二分精神，全力以赴，不但全力，還要超全力。結果，出來的是一個如同八十年代古裝大俠的模樣——挺胸收腹，眉頭緊皺，雙目有神，節奏清晰，舉手投足如同做「大戲」一樣，真是叫人「不忍卒睹」！所以說，演員的包袱有時真的是致命一擊，令演員的演出潰不成軍。

演員的影齡愈長，包袱就會愈多。看過由梅麗史翠普（Meryl Streep）主演的《媽媽咪呀》（*Mamma Mia!*, 2008），不得不佩服她那超越自我，放開懷抱的演出。試想想，一個差不多六十歲而且跳舞唱歌並不是強項的女演員，整個戲從頭唱跳到尾，當中還要兼顧感情戲的部份。例如有一場戲是她女兒出嫁之前，她幫忙女兒裝扮，一時感觸落淚。鏡頭對著她從說對白到落淚到起板唱歌，過程順暢自然，當中不覺兀突造作，足證她的內心安排及心理過程是做得如何地成功。需知道說完對白緊接唱歌是何等的不真實和非生活化，只要有少許自信不足，功力不夠，很容易便加入一些多餘無謂小動作或「起圍位」，令到對白與唱歌明顯

地被分割為兩樣事情。大家回想一些粵語片的唱歌情節，就不難發現一些演員於對白與唱歌中間都會加一些小動作做連接位（即前文所述的「起圍位」），例如吞吞口水，說個單字如「嗱」、「喂」或嘆一口氣等等。

能夠做到說話如唱歌，唱歌如說話，觀眾依然可以跟著演員那連貫下來要表達的感情，不因其忽然唱歌而抽離，確實不是易事。除此之外，要讚的還要數她以六十之高齡去演繹一位長住小島、依然純真如少女的母親，當她的好友來到島上的時候，只見大家相聚那刻的喜悅，肆無忌憚地扭動臀部，像「鬼上身」般全身抽搐式的喜悅，還做出一個伸伸舌頭的可愛表情，放在梅麗史翠普身上，是這般恰如其份，其放縱的演法實在令人折服。

忽發奇想，在我六十歲之時，不知可有否膽量做一個「伸脷」的可愛表情？

必要的形體帶動

很多演員會想盡辦法把對白講好，特別是要處理一段很長的對白時，演員總會把那段對白的音調安排得高低起落、抑揚頓挫；有些甚至刻意地七情上面，於每句對白當中都加上一個表情以作配合，務求令觀眾欣賞到他的苦心經營。<u>但演員演出的狀態有時是真的很奇妙的，外在的東西愈多，內在的東西就愈少；演員把創作的注意力集中在外在的東西時，內在的東西往往就會不自覺地被淹沒，甚至消失得無影無蹤。</u>

《巾幗梟雄》第二十集裡，柴九的結拜大哥沙寨主死後，二哥神鞭馬雄提議分家解散「沙家幫」，但柴九卻反過來提出這是一個更好的時機，借太平軍之亂而乘勢坐大。這段戲裡，柴九需要說出一段很長的對白，以激勵幫中兄弟眾志齊心，共謀大業，對白內容就如一篇演說一樣，當中自然有一些類似反問大家的「問句式」句法。 在演出的時候，當說到這些句子時，腦裡不期然地湧現曾經看過的一些表演—— 就是加強語調或加大音量，甚至瞪大眼睛以求加重份量來演繹這段演說。

其實當演員使用「問句式」的句法時，適當的停頓是必要的。因為，既然是問句，當然是祈求答案。問完人家一個問題，總需要給對方一點時間來作答吧！即使這問題不是真正需要人家即時給予答案，或當事人自己心中可能早有答案，但這時亦要因應觀察其他人的表情，務求知道自己說話後，他們的反應是正面還是負面，是贊同還是反對。所以，這時柴九的反應，不單止需要停頓

片刻，因為只做出一個停頓的反應，很可能會變成內心空洞、神情呆滯的感覺；於是，柴九還需要移動視線，看看每個兄弟面上的表情反應，評估自己說話的效果。當評估完畢後，這停頓所需要做的工作亦完結，因而亦可再開始另一句，另一段的游說內容。

真與假的演繹有時是難以分辨的，因為演員的形體被帶動時，腦內亦會產生亢奮，而演員亦同時會相信自己的狀態已經做對了。當然，這種狀態有時是對的，但有很多時卻是錯的。演員必需要經常冷眼旁觀自己的演出，反覆求證於生活當中，才能夠找到角色在演出時的真實。

肢體作為情感工具

一些以特技作為賣點的電影，主角的演技通常是較為平凡普通的，因為觀眾想看的並非演技，而是特技。而在戲中飾演反派角色的演員，演技通常還要再差一點，也許這是刻意安排，讓主角的演技會相對提升吧！

《蜘蛛俠3》（*Spider-Man 3*, 2007）之中的沙人原是一名逃犯，返家途中為求探望身患重病的女兒，這本應是一場有相當感染力的情節，但落在一個沒有演技的演員身上，就真的是味同嚼蠟。這演員木無表情、聲線平板、雙眼無神，就連一些皺眉動作也掌握不好，令到整場戲的安排都被白白浪費了。

導演大抵也察覺到這演員的問題，於是有場戲就為這角色鋪排多一點感情，加多一點分數。這場戲就是他成為「沙人」之後，驚覺自己的轉變，同時為自己的轉變感到無奈與痛苦，導演於是就利用特技，完完全全地把那「沙人」的感受表達了出來，真可說是「不經人手」。

導演純粹利用形體語言就把那場戲「演」出來了，當中簡單的幾個動作，就點題地說明了「沙人」的內心感受，其實，演員演戲的時候也會用到類似的動作來加強表達角色的情緒的。這連串的動作包括：「沙人」從沙中冒起，起初像是軟弱無力，稍一定神，「沙人」的眼神方向望向自己的右手，再而到身體，再而到左手，這動作表達了他發覺自己的轉變；繼而是高舉雙手到面

前，表達一種百般滋味，難以一時間明白接受的感覺；接著是雙手抱頭，代表痛苦無奈，不知如何是好。之後，導演又安排「沙人」一個面部特寫，凹陷的雙眼再加一個皺眉動作，表達他那極度仇恨的感覺，這還有點點能感動觀眾。說真的，那「特技沙人」的演技還比那演員優勝一點啊！

演員的動作是有一定表達能力的，即使是一個沒有內在感情的「特技沙人」，仍可通過動作「說出」他的感受。假若演員能適當地利用動作，再配合自己真切的感情，那就自然可感動觀眾。當然有時候沒有動作，演員亦可憑真摯而純粹的內在感情來感動觀眾的，好像一些角色是全身癱瘓，動也不能動的，演員就只能夠通過他的一雙眼睛，及輕微的面部肌肉動作，來表達角色複雜的情緒，這種演出才真的是難上加難，而過程當中，亦要作出很多表情及眼神的微調，才可達致令人完全明白的境界，因為有時候「有諸內未必能形諸外」。

<u>感情，還是要利用我們身體各部份的「工具」來表達出來的。</u>

要感動人先感動自己

總覺得能夠成為一代宗師的巨星，成功並非偶然，而他們當中都有個共通之處，就是他們都能夠觸動人心，令人產生共鳴。米高積遜（Michael Jackson）的離世，令大家重溫了很多他的表演片段，米高雖然並非演員，但卻有著好些演員都需要學習的元素──就是那份向內尋找，發掘自我的真誠，從自我真誠而通往人心，引發共鳴！

重看米高在音樂影帶中的演出，觀眾會發現，當他在唱歌的時候，他的眼神及內心，絕對是思索與觸及那歌詞意義的；當他跳舞的時候，他是多麼專注於他的每一寸肌肉、每一個動作。正因為他的專注，而令到每一個動作都有其表達的心意，從而達到令觀眾有種聞歌起舞的感覺。箇中的原因，就是因為他的每一個動作都配合著音樂的每個音符而起伏，音符的起伏帶動著表演者的情緒，表演者的情緒觸動觀眾的心靈，整個過程跟演員的演出不謀而合。演員要感動觀眾，就要必先感動自己；演員要帶引觀眾進入那戲劇的世界，自己就必先要義無反顧地跳進那戲劇世界；忘記現實，脫離現實。

米高積遜在很多表演中，眼睛都是向下望的，有時甚至是輕輕閉目的，這表示他當時的狀態是多麼的自我陶醉，即往內心尋找感覺與方向。他深明先感動自己，才能感動觀眾。很多人對他的模仿都只在表面，完全不明白他動作背後的心態與想法，所以觀眾看到的，往往只是一個動作靈活，但毫無思想的機械人表演者。

很多演員經常會犯的錯，就是看罷人家一些出色的表演或某段情緒的表達時，每每想重複再做一次，以表達另一個角色的情緒，結果可想而知，當中只有其形，但與角色的情緒及性格卻是格格不入的。

而有些新演員就更喜歡將不同的表演方法安插在一個角色裡面，以為這是集各家之大成，加倍豐富角色，結果出來的卻是不倫不類，沒有了角色的血肉，也沒有了人性。

愈豐富的模仿，愈想加倍的表演，很可能會離角色愈遠。表演的成功只能夠憑藉演員自我內心的呈現，別無他法。

節奏表達

節奏的責任

電影電視與廣播劇的分別就是，前者用畫面來傳達要説的訊息及感情，而後者就是只能通過聲音及對白來表白一切。當了演員之後，每次聽到廣播劇播出的時候，都有一種很特別的感覺，因為你會聽到很多很多自己平時演出時表達的表情、化成了一句一句的台詞，例如：「我真的很害怕！」、「它是什麼呢？」、「呀！奇怪！前面為什麼會這樣……」等等。

在某些演出的時候，會頗抗拒去「表演」感覺，或去「説出」感覺，因為感覺就是感覺，演員有感覺，觀眾自然有感覺，但有些導演總擔心觀眾看不出來，所以永遠要求演員去「做」那感覺，甚至把那感覺「説出來」。其實，有些感覺是可以用「節奏」把它演繹出來的。

有些節奏是需要導演拍出來的，但有些節奏卻要依賴演員去表現出來。 當演員演出的時候，亦需要分清楚，哪種節奏是導演負責，哪種節奏是演員負責。例如在一場戲裡面作為旁觀者的角色，所需要做的反應就是全程注視著那些主位演員，並全神貫注地望著，而導演拍下了很多個旁觀者呆呆地望著的反應，回去時自然會把整場戲順著安排的鏡頭剪接下來，旁觀者那在旁「觀望」的戲就能夠被表達出來了。所以，當演員被要求做一個這樣的反應時，演員真的不需要再多做其他無謂及不必要的舉動，因為這時，戲的節奏已交到了導演手中，讓導演決定「望著」的時間長短，演員只需要做一個忠實的旁觀者。

然而，當你成為一場戲的主位演員時，那控制節奏的權利卻是交到你的手中了，你必需要安排你整場戲的節奏讓導演知道，讓導演可以好好地去配合你的演法，而節奏的安排亦可以通過很多不同的技巧去表達的。例如用一個短短的停頓來表達角色的思考時間，用急促的說話方式來表達角色的緊張，用放緩的語氣來表達緊張過後的反思及緩衝。當然，以上的例子只是極其表面的舉例。快與慢，急與緩，緊接與停頓，當中還包含著很多很豐富的內容。演員演出時的節奏安排，還要看角色的性格及那場戲的整體性，做到兩者兼備，自然可增加那場戲的可觀性。

節奏——演員的拍子機

演員演出的節奏對於一個角色可說是有著決定性的影響。即使是同一個背景、同一個階層、同一個外形、同一個性格的兩個角色，當演出時被賦予不同的節奏，那麼這兩個角色就會很容易地被區分出來。

總覺得節奏感是每個人都與生俱來的一種特性，每個人的內心都好像是有一部天然的拍子機，所以不同的人都總會被不同的音樂所感染，因為當人們聽到音樂響起的時候，內心的拍子機就會自然起動，從而對不同的音樂產生不同程度的共鳴，是故可以大膽的說一句，這世界上沒有一個絕對不喜歡音樂的人，分別只是每人都有自己喜愛的音樂類型而已。同樣地，觀眾欣賞演員的演出時，內心的拍子機也是處於備用狀態的，隨時會因為演員的牽動而有著相同的共鳴，關鍵在於演員能否帶動觀眾進入演員的節奏裡及進入程度的深淺。

有些演員可以帶著觀眾隨著自己的節奏進入角色，不知不覺，時快時慢，總之就可以令觀眾跟演員的演出步伐一樣，同時經歷角色的一生直至劇終；而有些演員卻刻意地表現他的節奏感，甚至加上很多提示，例如瞪眼、張開嘴巴等，其實加上動作來表達節奏是一個不錯的表演方法，錯只錯在當「外在」加強的同時，內心的拍子機卻沒有開動，所以觀眾永遠無法跟著這演員的拍子而產生共鳴。

看過台灣女演員桂綸鎂的兩部戲，《不能說的秘密》（2007）和《女人不壞》（2008），深深看到兩種不同節奏演出的效果，前者是柔情似水偏向中慢板的節奏，有點像華爾滋的音樂感覺；而後者則是神經質偏向快速的節奏，有點搖滾的味道。

兩個角色演下來分別強烈，眼前人雖是同一演員，但卻是明顯地看到兩個不同的人在你面前生活，更難得的是當她演出那神經質的角色時，眼球的轉動和形態的跳躍都能夠和內心同步，其中有一個有趣的反應很是深刻，就是她被打倒後跌入畫面內，她眼球一轉，看看自己的狀態，抬頭看看對手，拳頭一舉，大喝一聲，撲出畫面外，整個鏡頭中的演出節奏鮮明，動機明確，好像聽到噼啪—噼啪—噼啪般的節拍，爽！

角色的情緒節奏

演員的節奏塑造了角色的特性，他的性格是剛是柔，是快是慢，急驚風還是慢郎中，都由演員選擇的節奏而決定。除了角色的性格之外，節奏還決定了角色當時的情緒。試舉一個簡單的例子：當你對某件事情是比較緊張的時候，你與對手的對答節奏自然比較急促；相反，如果你對某件事情是漠不關心的時候，節奏自然會變得慢條斯理。除此之外，還有一種較為奇特的節奏，就是時快時慢，時剛時柔，令人摸不著頭腦。

我在《巾幗梟雄》中扮演的柴九，是一個思想複雜、大起大落、情緒不穩、邏輯奇奇怪怪的一個不成熟、未成長的大男孩。所以，當我演出的時候，總會安排一些突如奇來的變奏，一方面用以表達出他思想的反覆，另一方面亦利用這忽高忽低、時快時慢的節奏，來表現他在某些場口中的情緒起伏。

在《巾幗梟雄》第八集中的一場戲裡，四奶奶步入米倉點貨，發現柴九懶散地躺著，四奶奶大表關心地追問柴九發生了什麼事，而柴九卻只虛應幾句，他的節奏是帶著之前的慵懶又慢條斯理的，直至四奶奶說要打賞廿兩銀給他時，就惹起他風風火火的高漲情緒，並且不能自控的情緒宣洩，因為四奶奶的說話舉動正是觸及他錐心之痛，也是他整個不滿因由——柴九不停地打拚是希望能夠升職成為掌櫃，這是他的鴻圖理想，而不是希望得到區區銀兩的打賞。於是，他的情緒就神經質地忽然被推高到頂峯，連珠砲發地訴說自己的不滿，情緒就像是從地面彈上太空；但這情

緒走到中段，又需要作另一種變奏，就是他感懷身世，覺得自己所托非人，而轉為一種中板速度的自怨自艾悲痛傾訴。及至最後四奶奶硬把銀両交給柴九，又激發他返回情緒最高漲時的激動，並憤然掉下銀両，拂袖而去。

簡單地闡釋，這段戲分了四個變奏：慢、快、中、快。當中表現了柴九的情緒化，亦表達了事情對他的極端嚴重，而導致他那情緒的失控，當然，這情緒變化的極端演繹，也帶出了柴九那命中註定的悲劇人生。

表情節奏與反應

導演、演員、編劇、戲種，互相有著千絲萬縷的微妙關係。有些戲的好壞跟個別單位無關，只是互相錯配：如導演不懂利用演員的特質、演員的演出跟戲種不配合、導演不懂某些戲的深層意義、演員自以為是的個人表演……。所以，觀眾能夠看到一部優秀的、受感動的好戲確實不容易，一部成功的作品是演員的福份，也是觀眾的福份。

舒淇、馮小剛與電影《非誠勿擾》（2008）相信就是一個很好的配對。舒淇的戲，雖然看得不多，但這部戲裡的角色卻讓人有回味及懷念的感覺。因為她的確是一個表情豐富且很有表達力的演員，她的一個眼神、輕皺眉頭、嘴角微動……，都好像代表了一個意思，表達一個想法、訴説一段故事。

《非誠勿擾》中，她與葛優在第三場對手戲中（亦即二人第一次共進晚餐的戲當中），正好訴説自己的故事時，箇中表達，固然是感情豐富，及至她反過來聽葛優説自己經歷的表情時，更是多采多姿，節奏準繩，在整段戲的反應裡，舒淇那表情在不停地變動，好像聽到每一句説話，都以不同的表情作回應，而回應當中，觀眾又能看到她對那句説話的感受，恰到好處。舒淇的所有反應與表情都是不同的，而她是真的做得流暢自然，在馮導演的平實拍攝手法下，更顯細緻動人。正好表達出角色有那複雜不平的經歷，才有那麼多變化的表情反應。

電影裡，在舒淇自殺前留下遺書的讀白中，她的音調很多時都是下沉的，令整段讀白的感覺變得更灰、更絕望無助，襯托她那複雜多變的內心世界，一上一落，一起一跌，做成強烈的對比，感人至深。

舒淇在戲中的演出的確能帶領觀眾進入她那矛盾的感情世界中，讓觀眾深深感受她的痛苦。反觀她在一些喜劇電影所扮演的角色，就令人感覺到有點大材小用與錯配的情況出現。畢竟喜劇節奏總是比較明快，而舒淇她那細緻動人，絲絲入扣的演繹方法就變得如泥牛入海，被化解得無影無踪。所以，導演、演員、編劇都應該要努力找尋合適的配對，只要一旦遇上，就要好好的加以珍惜，千萬不要浪費。

喜劇節奏的合法誇張

「誇張演出」有時候會被認定為一種不當的演出，只在「鬧劇」當中才會被接受。即使是一般的喜劇，亦要很小心去處理，因為萬一「誇張」過了火位，「演出」不但不好笑，反而惹人反感。大家看看這麼多年來，一眾不分尺寸、事無大小都模仿周星馳先生的演員，就會明白東施效顰、不當地誇張表演的反效果。

其實周先生的誇張演出很多時都有心理根據及角色特質的，在劇集《他來自江湖》（1989）中，有一場是他受老闆所託要帶狗隻出街大小便的戲，他短短的與那隻狗的對話及把不滿發洩到那隻狗身上的演出，看似是誇張及不合邏輯，但其實當中正好表達了一個小人物於一個無助環境裡的心態──受高層的欺壓，只能夠向比你低下的階層去發洩，而當時比他低的就只有那隻狗。這當中其實包含了現實中的實況，對辱罵他人者的嘲諷、小人物平衡自己心態的行為舉動等等。假如那角色背後沒有那受欺壓的原因背景，就只是一個人無端端的跟一隻狗做對手戲，可能就會變成一種無聊及硬滑稽的安排了。

我想說，其實就是演什麼都是需要有根據的，特別是演喜劇。有些喜劇角色是幸運地被成功塑造的，即使在他旁邊的人物要演出愛恨交纏的生死戀、大是大非的激盪情懷，他依然鶴立雞群，繼續表演他的幽默及引人發笑的喜悅。《魔盜王》（*Pirates of the Caribbean,* 2003）中的尊尼狄普（Johnny Depp）相信是近年的表表者。

在《魔盜王》第一集，尊尼狄普的出場已經是開宗明義的一個喜劇人物。導演先用幾個特寫鏡頭，拍攝尊尼的英明神武表情，站在桅杆頂上的神態。直到他跳下桅杆，落在一隻袖珍小船之上，觀眾才看見這是一個怎樣滑稽的海盜，而那艘袖珍小船更是一隻入了水的小船，於是尊尼還要狠狠地把水從船中倒出。一連串的鋪排，令他可以大膽地從喜劇方向創作。所以他的一舉一動，從行路的動態到眼睛的轉動，都是充滿節奏感的做法，而那節奏更加是帶有動態和跳躍的，時而快時而慢，令觀眾隨著他的節奏而進入角色和戲當中，這原理有點像一個人聞歌起舞的狀態。

演喜劇有一個基本法則，就是「情理之內，意料之外」，演員必需要帶領觀眾進入他的「情理之內」，經過過程鋪排，再去到「意料之外」的結果。於是觀眾才會發現幽默之所在，這亦是為什麼喜劇需要演員有極度準確的節奏感原因。

動畫節奏的收放

動畫裡沒有真正演員的演出，不能依靠演員的表演及真實的感情來表達角色的情感世界，所以必需要以其他手段來達致相同的效果。節奏就是其中一個重要的表達手法，而節奏亦是所有演員必需要好好掌握的表演元素，借鏡於動畫中所用的節奏表達，亦可以提升演員演出時的技巧。

《沖天救兵》（*Up*, 2009）中羅小飛上門找卡叔主動提出協助，小飛介紹完自己之後，卡叔已迅速關上門沒有理睬小飛。之後，卡叔在門後停頓了一會，然後再開門看看小飛是否仍在，此時小飛又再重新介紹自己一次，這個節奏形成了一個有趣的效果，亦讓觀眾有時間去思考到底卡叔是否真的不理睬小飛，而小飛又是否真的因為被拒絕而走了。當觀眾還在思考而未有答案的同時，卡叔再次把門打開，小飛卻依然還在，而且還再天真地重複一次介紹自己，這是一個有趣而幽默的節奏安排。這停頓的時間必需要讓觀眾開始思考，但又不可以太長而被觀眾想到任何一個可能性，這時間的長短就成了這效果的關鍵所在。

當卡叔與他的房屋著陸之後，他昏了過去，畫面以漆黑了兩秒的設計，這兩秒的空間就是要讓觀眾投入卡叔的身體狀態，感受他當時設身處地的環境變化，引導觀眾即將迎接將會到來的一次冒險的心情；儘管沒有真實演員的情感帶動，但通過這兩秒的時間，正好讓觀眾化身為卡叔，親身感受這角色的情緒。

節奏的突變亦是營造效果的一個重要元素，小狗德仔追隨卡叔等一同上路，鏡頭是一個大環境下，大隊緩緩向上而行，維持數秒；而接著的鏡頭則是既短且快的一輪特寫鏡頭，拍攝一群兇猛的大狗趕緊追上卡叔，造成緊張的氣氛。一慢一快，大環境鏡頭緊接特寫鏡頭，這就能造成節奏上的突變，亦從而拉緊觀眾的情緒，把觀眾的節奏帶到戲中。

演員在演出一場戲或是一大段戲的時候，需要預先設想好整體的節奏變化，利用這節奏變化把觀眾的情緒帶到與演員同步，觀眾自自然然能夠投入那戲劇世界。

從對比節奏到深層演繹

「對比」可説是一個永恆的戲劇元素，氣氛的對比、人物性格的對比、人物節奏快慢的對比等等，通過對比來表達戲劇效果，總比強加一些對白來作説明動機來得高明。

《禮儀師之奏鳴曲》（2008）的男主角小林，出場時的演出是帶點喜劇手法的處理，而他遇到的，卻是個萬分穩重不苟言笑的納棺社長。小林初遇社長的一場，得知求職的工作是一個納棺師時，他的表情是帶點滑稽輕佻的，但社長回來時卻是慢板且緩步而進，説話時的語氣亦踏實得很，可説是非常生活化的。這兩個角色的「對比」效果及意義重大，當中既反映作為年輕人的主角不太合適做一份嚴肅的工作，而作為老年人的社長卻有著處之泰然、運籌帷幄、經驗豐富的工作閱歷。兩個角色的一快一慢、一誇一實，本身已帶著豐富的戲劇元素，而通過這兩個角色的對比，亦帶出兩個年齡層的人有各自不同的工作態度，對納棺師這份職業亦有不同的評價角度。有了這個巧妙的「對比」安排，好些「內容」都可通過這兩個角色的相處而一一闡釋。

電影中有一場戲是一個鏡頭直落而沒有分鏡的，只見主角兩人做完工作回到車上，並帶回喪家送上的土產食物。那食物奇硬無比，但納棺社長從容不迫地放到口裡，好不容易地把它咬開，慢慢咀嚼，節奏緩慢，有條不紊；而小林看到他咀嚼得如此滋味，當社長送上一件時，他亦樂意一試，但其吃法卻是帶點滑稽的喜劇演法，表情多多，而到最後，當小林真的可把那食物放在口中

咀嚼的時候，他們兩人的節奏速度已慢慢變得相同，而這亦代表
了兩人對他們的工作態度開始慢慢同步。君不見在之前的一場戲
裡，正好描寫小林真真正正看到作為納棺師這職業的偉大，亦看
到納棺社長工作時的那份專注及莊嚴，從而反思自己對這職業的
態度，及決心成為一個專業納棺師的心態。

好的「對比」隱含無窮的表達訊息，既有戲劇效果，亦能呈現箇
中內容含意，甚至留下一些想像空間，讓觀眾感受那「對比」所
做成的深層意義，體會人生裡面那份不能言喻的幽默和內涵。

演出的「時間」

「時間」是演戲當中最難説得清楚明白的一回事，小小一個停頓位，到底要停頓多久？一秒？兩秒？五秒？每句對白需要相隔多少時間？角色思考的時間需要多久？反應的時間要多久？聽對方説話之後需要多久才作出反應？一連串關於「時間」的問題，還有更多更多的例子，不勝枚舉。

「演出時間」的真實性是很難確定的，因為當一件事情是在真實的情況底下發生及進行的時候，所有感受、判斷、反應的時間都是自然地作出的，都是毫無預備底下作出的；相反，在演出的時候，所有發生的事情都是已經知道的，都在經過排練之後進行的，甚至是設計了如何表現出來的，這時，「時間」的真確性就很難掌握了。

演出時的「時間」是那麼難去作出計算！什麼時候要快呢？什麼時候要慢呢？什麼時候要停呢？以上種種問題，就只有通過做好演出時的每個過程，把每個過程的「演出時間」串起來，讓它自自然然地產生一個正確的「時間」，這個就是最接近人們日常生活的真實時間了。

至於每個過程的「時間」又是如何定出來的呢？我説的過程，就是角色作出感受判斷的過程，而過程的時間就取決於角色的背景性格，對那些事情的感受深淺，來作出快慢的調整，人們的思考程序形成的「時間」大致都是這個模式。但在演出的時候，亦要

考慮戲劇上的情況。例如演員在一邊晚飯一邊討論事情的戲，拍攝時總不能用整頓飯的真實時間，慢慢食，慢慢說，真實般如平常食飯一樣，把嘴裡的食物完全吃掉，才開始說話。所以，「時間」的真實性亦要考慮到戲劇的需要的。

在《楚漢驕雄》（2004）的一場戲中，張良夜訪韓信，把寶劍相贈，並游說韓信入蜀投奔劉邦，韓信聽罷眼神遊走於張良與寶劍之間，停頓了一段頗長的時間，最後才作出決定，接受張良之寶劍並毅然入蜀。在拍攝完畢之後與導演交流，他說在拍攝的時候看我演出，都有一點猶豫，恐怕沉默的時間過長，但他同時又感覺到韓信當時的心情，又確實是千頭萬緒。由是可見，「停頓」的演法是唯一的選擇。

停頓之必要

停頓，是演戲中所不能承受之輕。當每個人都在讚頌演員們那種口若懸河、背誦如流、一字不漏之演繹方法時，大家似乎都忽略了停頓的重要性。

停頓可以是一個很恐怖的時刻。當一場戲在進行的時候，突然出現了一個靜默的空間，很多演員會出現害怕的情況，因為有些演員會擔心自己忘記對白，所以出現靜默的情況；亦有些演員會擔心在靜默的時候，到底他應該在做什麼，應該在看著誰……一連串的問題都會浮現出來，不能自處。

前文舉過一例，《楚漢驕雄》裡張良游說韓信入蜀，韓信在考慮的過程中，真的可能靜默了十秒八秒，這樣長時間的停頓，在電視上來說，是一段頗長的靜默時間，但這段時間是必須的，因為這是韓信的人生轉捩點，韓信從張良游說的說話當中，反思自己前半生的遭遇，從而要決定自己下半生的去向，如此重份量的決定，沒有足夠的時間，是沒有可能表現出來的，亦沒有可能令觀眾明白韓信心裡翻騰的思緒。

看了米高積遜的《*This is it*》（2009），當中有一段是他唱到其中一首歌，而唱至中段的時候，需要有一個停頓位，然後才再起音樂。當樂師停頓了一會，再起音樂的時候，米高就叫停，他說：「還沒有停得夠」，至於還要停多少時間，全根據米高的指示，直至他認為足夠，才發出訊號叫樂師再起音樂。請大家留

意，米高叫停的時候，同時是他在思考那停頓的時間，他覺得必須有足夠的停頓時間，才能讓觀眾投入那歌曲的世界當中，但他的樂師總是擔心會停得太久。

其實很多表演者都會有停得太久這個憂慮，因為在停頓的時間裡面，表演者若然能夠安排一段豐富的內容，而令這段時間不致是一片空白，這反而可以加添無限想像的空間，讓觀眾真正走到表演者的內心。這時，才是觀眾與表演者真正交流的黃金時間。

停頓的可貴，在於演員與觀眾同時作出交流，讓大家一同進入那幻想的空間裡面；而那空間，就是需要停頓的剎那，讓思緒凝住，讓觀眾變為角色，一同經歷那戲劇人生。

停頓之間的「轉接位」

聽說當年導演張藝謀拍攝《一個都不能少》（1999）的時候，全起用非專業演員拍成整部電影，這又是一個讓我沉思的好問題。是否有些電影是專業演員不懂得演呢？是否有些電影是不適合專業演員去演呢？是否非專業演員才能演出「真實」呢？是否專業演員的演出真的是在「做戲」呢？

除了張導演之外，內地還有很多導演喜歡用非演員來出演他們的作品。看過賈樟柯的《小武》（1998），小武的家人全都是非專業演員，觀眾會看得出他們在一些轉換話題的空間，是會有少許停頓的。我估計，可能是導演安排了兩三個話題給他們去演，而那些話題都是他們本身就很熟悉的，例如耕作的事兒和一些家庭成員之間的事兒等等，所以當他們討論這些話題時，他們真的是很自然、很生活，而感覺更應是未經綵排的，但當去到一些需要按照導演安排去做的事情的時候，就露出破綻了。

小武的大哥與小武的父親在談話的時候，父親說到中段，大哥就伸手往褲袋中拿香煙，但他的手伸到袋口時，竟停了兩秒，因為他在猶疑，他不記得那是否一個正確拿香煙的時候？而事實上，他應該是早了，因為停頓一會後，他繼續完成那個拿煙的動作，然後，一切就歸於正常。

這個破綻令我思考的是：<u>演出的過程，最起碼要分兩種段落。其一，是演出的話題當中；其二，是話題與話題中間的轉接過程，</u>

這都關乎演出的節奏。很多演員在「演出的話題當中」這任務上是勝任的，因這任務只是單一事情、單一的表達，單一的情緒與感覺就可以算是合格了。但在一段很多的戲當中，需要有多段轉接的時候，很多演員就會露出破綻，有些不懂得把「轉接位」做得圓滑暢順；有些根本不知道「轉接位」在哪裡；有些就把「轉接位」做錯了，而把觀眾誤導，令人摸不著頭腦，變成「都不知他在做什麼？」

想起另外一個題外話，演員孫紅雷在《我的父親母親》（1999）中有一場戲是跟母親一邊吃飯，一邊討論他父親遺體的事情時，導演用一個長鏡頭直落把那場戲拍完，鏡頭見兩人對坐，這時，整場戲的演出節奏就全交演員掌握了。當母親堅持要不顧艱難，把孫的父親遺體運回家鄉安葬時，孫作了一個低下頭的為難反應，其實，這是否只是演員想表達這情緒而作出的反應，而不是真實情況時的反應呢？這真的令我低頭沉思良久……

「轉接位」的錯漏

當演員具備個人魅力及演技，能夠完全吸引觀眾的視線時，確是可以補足一個戲裡其他條件不足之處。但如果演員差勁、演技欠缺時，空有好導演及劇本又能否成功呢？

近年很多台灣及韓國劇集大收，偶像明星湧現，其中有些演員的演技真是強差人意：千篇一律的表情、毫無高低起跌的語氣；空洞的靈魂，就好像從沒有存在過一樣，看完之後，完全不知道這角色是個怎麼樣的人，只知道是有些人發生了有些事。然而，這些劇集能夠大紅大紫，箇中的原因又是什麼呢？

有些人的外表具備一些特質，單看外表確是很吸引的，所以當導演懂得怎樣拍攝這些演員時，無疑可以捕捉到一些觀眾的認同感，且又能深切感受該演員帶出的感覺，特別是這些演員不需要開口說對白的時候。因為說話正就是將內心逐一翻開的時候，演員的內心有多少東西，觀眾就會一目了然。所以大家在熒幕上看到很多偶像「型男」，他們演一些對白不多的角色時是最「有型」的，而導演很多時亦會刻意安排他們少講為妙！

另外還有一些戲是可以作為演員的反面教材的，就是那些特技娛樂片，例如《神奇四俠：銀魔現身》（*Fantastic Four: Rise of the Silver Surfer*, 2007）。因為這類戲都是以特技為賣點的，所以導演及演員都不會太著重演技及演出方面的成績，但只要當觀眾細心分析，就不難發現他們的演出是千瘡百孔、錯漏百出，極端地

説，當中九成的反應都是錯的。

大部份戲都會分成兩線發展，即行內所說的「一條軟線、一條硬線」。「神」片中的硬線當然是神奇四俠大戰銀魔，而銀魔背後還有一個更奸的大反派作為高潮位之營造；而軟線就是神奇先生與隱形女俠之感情線，以他們籌備婚禮及屢遭波折作為主幹一直到尾。劇情合理與否不在此贅述，只從演出角度分析，女俠的演出就如前文所述，只是空殼一個，完全看不到她對男主角有任何愛意，亦看不到她在經歷重重憂患之後希望成婚之期待，更看不到她在婚禮被破壞之後，決心過平凡人生活的衝動及渴求。當中有幾場戲的反應是做錯了，而一些過程更是遺漏了沒有做的，致令整個角色沒法成為一個有血有肉的人物。

撇開開場時籌備婚禮之引子不談，就從婚禮當日，新娘子準備更衣行禮開始，女主角在演繹上的確出現問題。從女主角站立窗旁，惆悵地遙望窗外，表達心中有著不祥預兆，及至轉向她的朋友訴說心中忐忑，基本上這場戲完全表達不了她的心態，原因在於整場戲都演繹得太過快速。

在情節鋪排上，之前由於很多事件發生導致男女主角不能順利成婚，所以當下女主角擔心這次婚禮會重蹈覆轍。另一方面，她更深一層之憂慮就是深明自己及男主角都是異能人，要過平凡人之生兒育女生活談何容易，如此憂心忡忡，試想整個心態是何等沉重？而從擔心「結婚不成」到「憂心以後不能過正常人之起居生活」，當中起碼要分兩個層面演繹，更要在兩個層面中間加上一個「轉接位」，觀眾才能夠明白及感受到她當時的心態，才會投入及緊張她的婚禮會否又出亂子。然而整場戲裡，女主角就只是

「保持」著一個皺眉擔心的樣子，觀眾根本看不到她內心忐忑的嚴重性，試問又怎會緊張地追看下去呢！

而另一明顯犯錯的例子，就是當婚禮又被破壞之後，男主角知道女主角之憂慮而向她誓言退隱科學界，與她避走他方重過平凡生活時，男主角一段表情對白之後，她就即時由擔心轉為開心。「開心」不是問題，問題是箇中情緒不可能轉變得那麼快，當中有些程序，女主角並沒有好好地、完整地演出來。

這個反應的第一程序應該是判斷男主角言詞之真確性，他是否真的有決心與自己過平凡生活？然後是擔心能否順利完成心願，經過一輪確定之後，先產生對未來生活幸福之憧憬，才能夠進一步破涕而笑，露出開心的表情。當然，以上思想程序需要很快完成及表達出來，有這樣的過程，觀眾才會看到一個有思想及有血有肉的人物在生活，才有興趣關心他們的經歷，亦更能增加整個戲的緊張效果。

以上只是提出例子作為講解，因為以一部特技娛樂片來說，做好特技效果及應有之緊張氣氛已經是「高分之作」，總不能期望當中的男女主角，會有份角逐奧斯卡頒獎典禮中的最佳男女主角獎項吧！

語言的節奏

語言的節奏大可以透視了人物的性格、背景和說話時的目的，不同的節奏代表了不同的人物；同一句說話以兩種不同的節奏演繹，就會出現兩種不同的意思。所以，說話的節奏是直接影響著人物的表達能力的。

每個人說話都需要經過思考的，世界上沒有一個人可以不停地說出十句八句話而不需要停頓的；正如沒有人可以不需要思考，而可以口若懸河地一句接一句地說話。所以，安排說話時停頓的時間，和說話當中思考的位置，就成為必須留意的地方。亦因為演戲是希望盡量貼近生活的真實，所以分析停頓時間的準確性，說話時分句的真實情況，亦成為說話是否具備實感的關鍵。

很多演員會因為對白複雜難說，或因為對白當中涉及一些難記難說的詞彙，而作出一些不合情理或不合邏輯的停頓，於是觀眾聽到演員說話時的節奏會是怪怪的，四個字停一停，三個字又停一停，就像廣東人所說的「斷橛禾蟲」一樣。亦有演員因為要說的對白很長，為免經常「食螺絲」而 NG 重拍，就會刻意拖慢地說話，令到整個戲的節奏如「拉牛上樹」，其悶無比之餘，亦可能跟角色一向的節奏不同，造成角色前後性格不同的情況出現。但有些演員就剛好相反，他們把所有對白都背誦如流，甚至當中沒有任何停頓，只是機械式地安排些高低抑揚、重音輕音，滿以為這樣就是一個熟讀劇本的好演員，或勤力用功、做足功課的一場好表演。

其實，演戲需要表達的是人在真實生活中的狀態，所以演員首先要了解人們是如何組織自己說話時的句語。當思考完畢而化作說話的時候和過程，需要從中找出最合理的停頓時間，亦要同時因應角色的背景和說話的目的，安排思考的時間，造成一個逼真的說話語境：應該停的就停下來，應該思考的時候，就要盡情表達那思考，讓觀眾明白角色的心態；應該激昂快速的，就要盡量流暢地表達那澎湃的情感。快慢有序，輕重音合宜，不作無謂的、戲劇性而虛假的表演。

以上所說的，只是角色說話時的基本原則，而說話時的種種情況亦會因應不同的時候或處境而變化，當中學問真是無窮無盡。

語言節奏與思考邏輯

表情豐富細緻對於表達一個角色的內心世界應是有利無害的。奈何有些戲種總是沉迷於事件的發生、專注於無聊的笑話，而忽略了多姿多彩的演員內心世界，亦浪費了演員那豐富的表演。有些導演總是害怕停頓而不斷叫演員演得爽快點，有時甚至快到一個地步是，當演員說完了那些對白後，就連自己在說什麼都不知道，觀眾聽完後更是一頭霧水；亦有些演員事無大小，總是「吓」的一聲行頭，停頓兩秒才接下句，整段對白「咿咿哦哦」地蒙混過關，這要麼令觀眾看得目瞪口呆，要麼呼呼欲睡。

演員、演法、戲種總是需要配對得宜才能夠造就精彩演出的。電視中「處境喜劇」就是一種既需要節奏明快亦需要表達力豐富的一個戲種，因為演員要在半小時的時間內帶出那一集戲劇的主題，演出的節奏不能太慢，然而太快又會令觀眾錯過那演員精彩的內心變化及當中的幽默。當然，箇中演出的節奏亦必須要配合角色的性格，出來的效果才能如虎添翼，大快人心。

最近拍攝《畢打自己人》（2009）中，我就遇到這樣一次恰如其份的演出。毛毛姐（毛舜筠）的表情固然非常豐富，可是大家只要注意她處理一段長對白時的方法，就會看到她在對白中間加上很多「轉接位」，令整段對白不會平鋪直述。例如當說了兩三句對白之後，她就會把那段對白的意思作一個完結，然後做一個忽然想起的反應再而開展另一個話題，反反覆覆做出類似的「轉接位」，令到一段對白中形成不同的起承轉合格局，豐富多姿。

反觀一些演員言之無物，毫無心理根據，觀眾只會看得味同嚼蠟。其實，言詞說話是人類表達自己思想的途徑，先有思想，後有說話，所以演員應著重建構角色的思想路向，要先安排角色的想法，才通過語言將想法說出來。

內心想法或題目有轉變之時，語言亦隨即作出轉變以反映內心的想法，這才是人類的言語及思考邏輯。只是將一段長對白背誦得滾瓜爛熟，只會凸顯角色的無知與演員的空洞。

真實節奏不真實

與人交談時的節奏時間如何定立？對方説完之後，你應該相隔多久才接上對方呢？節奏時間有什麼意義呢？如何利用節奏時間去表達角色呢？如何安排節奏的快慢？一連串關於節奏時間的問題，也許，我們可以嘗試從生活中提煉出來。

最近到髮型屋洗髮剪髮，洗髮的時候，百無聊賴，聽到旁邊一位客人與幫他洗髮的髮型師助理的對話，內容是一般的閒聊，從聖誕派對的食物到養狗的心得。因為洗髮需時，無所事事，於是靜心地研究他們的對話時間，竟然給我發現了一個頗有趣的結果，就是他們對話與對話之間的停頓位是非常之短的，大部份對話相隔不足一秒的時間，對方就能接上，而且感覺兩人的對話是非常順暢及毫無猶疑。奇妙之處就在，這兩個沒有太大關連的人，在沒有預先排練及沒有劇本的安排之下，竟然可以對答如流，而且相互的對白與對白之間，停頓的時間是那麼短，就好像是很有默契的一對，甚至好像大家都拿著劇本在對台詞一樣，流暢得有點過份。

如果這是電視拍攝時的情況，特別是在錄影廠的環境中，可能導演會質疑大家是否接對方的對白接得太緊。有些導演或會要求演員稍稍停頓才接上對方的對白，因為錄影廠是三部攝影機同時在拍攝及捕捉演員的反應，導演需要一點時間來跳轉另一部攝影機。也有導演需要多點時間來營造戲劇的效果，例如讓演員「多演」一點「思考」的反應，或多拍點鏡頭以配合剪接，甚至導演

需要同時拍攝其他的演員反應，所以演員接對白的時間可能會比現實中稍為延遲，那麼，「真實的時間」到底是怎麼樣的呢？

我在這裡嘗試推敲一下這次小測試的結果，他們之所以接對白接得那麼快，很可能是在兩個條件之下的配合：第一，他們開了一個共通而認識的話題，當人們有了一個知道的話題方向時，腦裡可能會湧現相關話題的資料，要說的話與內容亦很快地從那些湧現的資料中提取；其次，就是當人們聽到對方的第一句說話時，就已經會預備去作出回應，以表示對對方的尊重及專注，所以，當對方說了兩三句之後，你就能適當地接上對方的尾句了。

加工的真實節奏

節奏時間在演戲當中佔有一個很重要的位置，而真實的節奏時間
又難有標準，所以，演員要從現實中搜尋資料作參考，以便更多
的了解。

現實對白中對答如流，除了是共有話題的認知和有足夠思考時間
之外，我發覺人們的溝通是有「交流默契」的。當我們專注地與
人對話的時候，我們會感覺到對方的說話節奏，甚至停頓的位
置，包括對方在什麼時候會把說話完結，我們總會在適當的對白
時間插入，做成一個對白接對白的緊扣時間。而在對話當中，為
了作出交流，我們又會想出一些對方能輕易作答的問題，以便大
家有種親切及緊密的交談關係，於是，就形成了在現實中我們所
看到的，有來有往和對答流暢的對話。

但現實對話當中還存在著很多不同的節奏，有些時候，當對方還
沒有把話說完，我們便急不及待地接上，形成一種「搶白」的情
況，這種情況在現實中是經常出現的，但當進行拍攝時就有了一
些限制，因為，當兩個演員同時在說話的時候，兩把聲音是會重
疊一起收錄的，在剪接的時候，假如導演希望分別剪接一個演員
的獨立特寫鏡頭，那麼聲音的交疊就形成一個難題。因為演出
時，演員是絕對沒有可能做到，每一個字的交疊時間都是「相
同」，又能夠方便剪接時的同步；所以，大家看到演員互相重疊
對白的演出，只有在一個同時看到兩個演員的畫面當中出現，而
很少出現在兩個演員對剪的獨立特寫鏡頭中；亦因為有這個拍攝

剪接上的技巧障礙，造成了很多不真實對白的節奏時間。

演員在處理整場戲的節奏時間，既不能只執著於真實的時間，但又不能沒有真實時間的感覺及安排。正因如此，演出時的節奏時間就成為一個千變萬化的元素，亦沒有一個標準的對錯答案。除了以上所說有關真實與否的節奏時間考慮之外，演出時還要加上戲劇的元素及角色的背景，因為戲始終是戲，總不會場場都是閒話家常，真實之中還需要帶點玩味技巧，才會構成一場好戲。所以，演員的演出是永遠不可能變成真實的，我們能做到的，只是接近真實罷了。

對白的分寸拿捏

演出的時候，總會小心評估自己演出的分寸是否合符標準，應該
誇張一些還是收斂一點？其實誇張或收斂，是要看角色的要求來
作判斷的。有些人說演舞台劇就要誇張些而演電視劇就要收斂
些，我就覺得演什麼都離不開一個「真」字。如果演出流於虛假
造作，內斂的演法只會令人看到言之無物及舉棋不定；相反，有
真實的心理根據為基礎，再誇張的演出也會令人看得拍案叫絕，
相信在大家身邊，很容易都會找到一個現實中常有誇張表現的朋
友例子！

看過阿爾柏仙奴（Al Pacino）在《威尼斯商人》（*The Merchant of
Venice*, 2004）的演出後，你就知道何為收放自如的高手。這電影
改編自莎士比亞（William Shakespeare）的劇作，而當中很多對白
都是保持著原有舞台劇的神髓，亦即是那種並不口語化的對白，
試想像一下，閣下滿口「文言文」的語法與人談話是何等的怪模
樣，又正如觀眾會看到一些「古裝片」的演員，每句說話都是抑
揚頓挫，有時還奉送一個劍指手勢，唯恐觀眾不察覺他們已經回
到千百年前過著那「非人」生活！

我相信阿爾柏仙奴演出那角色時，亦曾考慮過演出形式及分寸拿
捏。電影中經常有些長達數分鐘的個人獨白，他總會在當中安排
一些不同的停頓時間及快慢速度，以表達他是經過一個怎麼樣的
思考過程，才說出那一句或那一段對白。所以，觀眾看到的是真
真正正一個有血有肉的人在生活，而不是一個滿口「古裝對白」

的個人表演。而在表情方面，他亦沒有做出些刻意表達對白意思的動作或節奏，反而感覺到他更著重從心出發，減掉多餘的表情，讓觀眾不會因為他那「非常」的語法而抽離，專注在其角色的情緒及情感世界當中。

演出講求平衡，強與弱、快與慢、誇張與收斂，任何一方面被過份強調都可能會影響演出的效果。成功而好看的演出，有時是需要演員把兩種極端的狀態巧妙地互補不足及取長補短。所以，在演出的途中，是需要時時刻刻都在做著自我評估；演員面對的難題是瞬間萬變的，每次演出都是經過千萬個決定才完成的，演員真的不可輕視每次的演出，因為這才是鍛煉的黃金機會！

純粹的肢體節奏溝通

人類的溝通是一件很奇妙的事情，有時候單憑眼神、身體語言、節奏、感覺，就能夠令彼此明白想表達的東西，而當中可以完全不需要依賴語言的溝通。這證明了一點，沉默不會構成語言溝通的障礙，語言亦不是我們表演時的唯一一個途徑；語言只是表演當中的一個元素，演員要注重的，是一個整體的表演。

看了韓國的一個舞台表演「韓國武術家族 JUMP」，當中的表演元素就是不需要有太多的對白或解說，而可以令觀眾看得明白，亦看得開心。除了很多肢體形態的表演外，他們也利用了很多很多節奏上的對比，做出很多不同又吸引人的效果。在沒有正式開始表演之前，他們安排了一個演員在觀眾席當中，扮演觀眾入座，而該演員以一名老人家的打扮，行動緩慢，明顯地與周遭的環境格格不入，這個極強的對比很快就吸引了現場觀眾的注目，當大家都意識到這是表演的一部份時，演員開始與現場觀眾有更多交流，而觀眾也樂意去參與，甚至有些觀眾更多加了一點個人的創意，做成一些很有趣的交流效果，而在這長達十多分鐘的活動當中，是沒有一句對白的，所以，這說明了有些效果是不需依賴說話的。其實，演員在說對白的時候亦不需要把全部精神都放進去，做成如朗誦般的說話語氣，因為這樣做可能會適得其反，破壞了其他元素的表演能力，做成一個不完整的表演。

這次台上表演亦玩了幾個基本的節奏理念，就是同步、慢半拍與快半拍，這三個節奏的對比用在同一段表演上做成了一個很好的

效果。例如甲演員準備表演刀法，而乙演員在旁邊為甲準備大刀；又乙跪地不動，而甲攪了一輪運功之後想去拿刀，才發覺自己與刀有一尺的距離；最後甲站近一尺再運功再拿刀，這時乙蠱惑地把刀同步地移開一尺，做成另一個笑位。如是者同一個拿刀的動作，安排了幾種不同的節奏錯摸，做成幾個不同的笑位，足見節奏在一個表演當中，是何等豐富多變，而演員亦應好好掌握當中的奧妙，以應付各式各樣不同的演出。

演員思考

模仿是演員學習的第一步

演員的工作是要建構別人的故事，所以演員本身必須要有故事，又或者要擁有別人的故事，例如通過觀察身邊的朋友、同事或街上的行人，甚至是電影電視的角色，總之，演員的觀察要無孔不入。不單止要觀察，還要把他人的故事、特性，化整為零，一一拆細，把它們化成無數的資料，然後好好保存在你的記憶當中，當你有需要用到的時候，就能夠從你的記憶保險庫中提取。 所以，身為一個演員，必須要時時刻刻都在工作，把你身邊的老老少少，男男女女，奇奇怪怪的，都一一記下，務求令自己成為一本人性、各式人物的百科全書，然後才開始踏出演戲的第一步。

很多新的演員都會問一個問題：如何開始創作角色？請容許我大膽地回答各位親愛的新演員們：請先不要開始創作你的角色，請大家首先模仿其他好演員如何創作角色。當你聽到這個答案，很可能在心裡會罵我：演員怎可模仿他人！演員是一個創作人，是一個藝術家，必須要有自己的想法及特質⋯⋯。但請各位稍安無躁，模仿只是演員學習的第一步，演員切戒操之過急。

人類戲劇表演的始祖，據說是原始人類出外狩獵歸來，向同族人講述狩獵之過程，繪形繪聲，如演默劇一樣。既有人模仿獵人，亦有人模仿獵物，重演一次，這就是戲劇的雛形。所以，由此類推，模仿確實是演戲的初階，請一眾演員切勿輕視模仿的重要，也不要鄙視「模仿」這種表演形式及階段。

模仿其他演員的演法，其實也是一個很好的練習，因為其他演員的習慣一定與你大有不同，通過這模仿過程，你就會掌握多一種原先不屬於你的表演形式。而當你專注模仿別人的時候，你亦會不期然把模仿對象的特點找出來，這樣就能鍛煉出自己分析他人及觀察他人的能力。了解和分析了他人的表面之後，再加強專注的能力，就能更進一步深入模仿者的內心世界，從他的內心動機出發，找出更多其行為的內在理據，從而貫徹整個人物的完整性。

好演員滿身是戲

演員的魅力一直是每一個演員所希望擁有或培養的一種能力。是與生俱來之天賦？是飽歷滄桑之沉澱？還是前世今生之註定？

很喜歡看日本演員高倉健。在他的面上，你會彷彿看到「演技」兩個字，他那雙眼無疑是放射演員魅力之投射機。他的《鐵道員》（1999）、他的《千里走單騎》（2005）都是令我引起很多問題與思考之演出。

他在兩部電影中的角色都是沉鬱的，兩部電影都好像要依仗他的個人魅力從頭帶到尾，引領觀眾走進高倉健的世界裡面，與他一同呼吸。在電影中，他的對白與表情都不多，相信導演很明白一點，要拍高倉健就是要拍出他的感覺，他那深藏內心的感覺要比任何技巧更吸引人。其實，在我們演戲時所安排加插的表演手段、技巧，最終都只是想達到一個目的，就是要引發自己內心的真實感覺從而感動觀眾。然而，從技巧引發感覺的過程當中，往往會出現很多誤差甚至錯誤，因而令到演員無法走到最終的目的地，反而令演員愈走愈遠，最後只是做出一些矯揉造作的表演，永遠無法達至內外合一，真情演繹角色的境界。所以，當一個演員本身已具備了那份珍貴的真實感覺時，觀眾就會被那感覺帶到去電影故事裡面了。

每一個演員演出的時候，都確信自己能夠演出真實，確信每一個動作都是真實，確信每一個動作都是真實地設計出來的。很多時

我們做一些設計性的演出時，我們會把注意力集中在做那些連串的設計當中，而沒有好好地把通往內心的橋樑打通。演員在表演過程時的內心，就如一片沉睡千年、波平如鏡的死海，如果我們只在海岸邊覆雨翻雲、力竭聲嘶，而不碰海水分毫，那即使出盡九牛二虎之力，都是徒勞無功。海面依然是聞風而不動，演員的情緒感覺依然是不能被帶動，而觀眾看到的，亦只是一個表情多多、眼神空洞、說對白如背書的演員，雖字字清晰但聽完後並不知他想說什麼，雖兩行淚水卻又感受不到他那傷心欲絕。

要打開通往內心深處的門，實非三言兩語可以道盡。人類最神秘及最不可測的正正就是我們內心及精神層面上的幽暗角落，要把它拆解及表現出來，真是要窮演員一生的生命及努力。

本色與演技

演員本身總會擁有自己的特質，而這種特質又會在演繹角色時起
著不同的作用。有些演員擁有相當強大的個人魅力，好像羅拔迪
尼路就是其中一個魅力非凡的演員，他那迷人的雙眼總會吸引住
觀眾的視線，所以他的每個角色總帶著很濃厚的個人色彩，感覺
就像是羅拔迪尼路本人在當警察、當黑社會人物、當其他角色人
物…… 因此，他演繹角色時的精彩之處，不在於改變自己，而
是在於處理那角色時的看法，亦即是他總會找到一個非一般的角
度，去把角色演活。

另外一種演員就是善於改變自己的，無論外形、節奏、語調……
等，他們總是樂於找尋自己身上不同的特質，通過演繹角色重
新把自己建立，德斯汀荷夫曼相信是這類型吧！《午夜牛郎》
（*Midnight Cowboy*, 1969）的半跛流氓、《推銷員之死》（*Death of a
Salesman*, 1985）的老推銷員，《鐵鈎船長》（*Hook*, 1991）中的鐵鈎
船長…… 等。

最近看了周迅在《畫皮》（2008）中的演出，覺得她是個個性很獨
特的人，她的眼神總是充滿迷糊，像被一層濃霧隔阻一樣，眼神
背後就像藏有千萬個故事。她在《畫皮》中演一個計劃奪愛的狐
妖，即使木無表情，只是用雙眼凝望對方，內心那千般估量、機
心用盡的態度，經已躍現銀幕，這就是我想説演員個人特質適當
配合角色的情況。

當然，在演繹過程當中，她亦聰明地利用了自己的特質，而沒有誇張強調她那狐妖的身份，或如傳統演繹反派的那種面目猙獰。相反地，即使是對著情敵趙薇，她依然是保持那優雅風度，就是在趙薇面前露出真身時，也沒有做出些妖精的咆哮及恐怖嘶叫。這種演出方法當然要配合一些客觀條件，例如露出真身時的恐怖特技，趙薇作出的對應驚嚇反應。當旁邊的所有條件都能夠凸顯那狐妖的身份時，那麼當事人就可以不費吹灰之力，用一個反方向的思維方式來表現那狐妖的恐怖——就是她已經氣定神閒地把敵人玩弄於股掌之中，展現她作為一個勝利者的優越與優雅感，再將敵人置諸死地於不知不覺間。

能夠擁有獨特個人氣質的演員，是應多加利用自己的優點，同時尋找多角度的演繹方法；通過角色的行為，再啟發觀眾理解角色的思維。

拒絕虛假的符號表演

關於劉青雲主演的電影《神探》（2007），我曾經聽過一些批評說話，說他只不過是把過往演過的角色拼合而成；例如《大時代》的方展博、《新紮師兄》的 FIT 佬等等，他這次不過是一次綜合角色的演出。說句老實話，我是由衷地佩服劉青雲的演出，以及羨慕他那天賦的演戲才華。

看《神探》的時候，我確實著力地看看劉青雲到底是否帶著過往角色的影子去演。看完整部電影後，我真的看不到、亦想不出他演的那些場口，是重複他演過的角色。其實，這令我想起一個問題：演員演出一些同種類的戲種或同類型的角色時，怎樣才可以避免重複，及如何將角色區分出來？演員本身具備特定的外在條件，這些外在條件是永遠不能改變的，例如樣貌、身高、聲線……，即使在角色造型之時如何大幅地改變演員之髮型、肥瘦、服裝等等，都是沒有可能令觀眾認不出那個演員。當然，假如真的可以令觀眾認不出那個演員，那又何必花那麼多錢來請那個演員呢！

話說回頭，造型只是想塑造出角色的外形及特性，並非想改變演員。一個影齡超過三年的演員，相信沒有一個表情神態或聲線聲量是觀眾沒有看過的，除非你可以令自己的頭轉個 360 度再做個嬉皮笑臉、嘴角笑時掀上至眼尾額角，才可給觀眾一個驚喜，但那時恐怕你可能只適宜拍《陰陽路之笑餐飽》！

我想說的是既然演員的表情技術有著先天性的極限，那什麼才是吸引觀眾及令演員將不同的角色區分出來的元素呢？我覺得那就是每個角色的獨特感覺！

劉青雲演出的《神探》正正就是能夠表演出那精神有問題、思想極端的那種精神狀態，亦能帶領觀眾走進那「神探」眼中奇詭的人性精神層面裡去，他的演出確實是無懈可擊！

多年前拍林嶺東導演的《目露凶光》（1999），當中一場戲是我載女主角郭藹明到達一所凶屋，郭進入凶屋之後，我獨自一人在車內等候，此時感覺到周圍陰風陣陣。我有一個特寫鏡頭是看到周圍樹影幢幢，不寒而慄的反應，拍完後導演跟我說：「你沒有真真正正的看到。」當時真的如當頭棒喝！我已經做了望著周圍樹影的反應，陰風過處，膽戰心驚，而當時亦真有心寒的剎那──那問題出在哪裡呢？

演戲多年，經歷了很多不同的階段，從真到假、從假到真，每一次的演出都是千頭萬緒，茫茫然尋找出路。

記得初演戲時，總覺得一切要以真實投入為主，確確實實地感受角色心態，從而表現角色的情緒；結果站在鏡頭前卻是一個內心似是豐富實在，但表面仍是面目模糊的傢伙，總感覺得有一層薄紗將自己籠罩住，縱有千言萬語亦欲說無從。當時便明白到，演員是要通過技巧將內心感受表現出來的；這階段，很多很多的方法被嘗試運用，很多很多的表情被測試效果，鞏固技巧的階段慢慢形成。

再後就是通過技巧向內心出發的階段。演戲與很多藝術的方向都是殊途同歸的，最終是志在尋求人生的真善美，有真才有善與美，怎樣尋找真實就是演戲的一大難題。「戲裡的真實」真是一種很奇妙的東西，這次做得到，下次未必可以同樣做得到；這瞬間出現了，但很快又轉瞬即逝，消失得無影無蹤。七情上面的表情做得再真，可能與內心的真實還有距離，內心的真實與角色的真實又可能有所差別；因為內心的真實可能只是演員本身的感覺，未必是角色的背景與當時情緒交織出來的真實。

而另一個更嚴重的問題是，演員的表情很多時是滿足了「角色反應的符號」，例如：眉頭深鎖等如凝重、「唉」一聲等如嘆惜、睜大眼等如驚奇、張開口等如愕然等等。

回頭再說我所做錯的反應，正正就是我只做了一個「驚慌的符號」──很快地左望右望、眼神閃縮。其實當中沒有真真正正看到一些令自己驚慌的東西，通過眼睛神經傳上大腦，再經思考引發腎上腺分泌，從而產生驚慌的表情。

說來像是很複雜，但從意識過渡到下意識，從外在形態引發到內在感覺，從而令觀眾感受到角色的內心世界，塑造一個有血有肉而令觀眾相信的真實人物，正是演員的終極目標，別無他法。

至此，真的要衷心多謝導演林嶺東先生的當頭棒喝，將我從虛假的符號表演中驚醒過來，重新舉步邁向「真實」的康莊大道。

演員的演繹填補

拍戲的時候，每個演員都總會有些意見，對劇本，總會感到有些不足或與自己期望及設想的有些距離；演員或許會提出一些與劇本設計不同方向的橋段，或希望可以增加一些場景來補充自己認為不足的地方。

無疑，有時候劇本的水準確實是參差不齊，能夠遇到一個好劇本、一個好角色，真是上天的眷顧，演員的福氣。

撇開劇本的好壞不談。我覺得劇本當中總有很多空間是需要演員去填補的，我要說的是「填補」而不是「修改」。人類的感情感覺實在是千變萬化的，文字的描寫有時亦會覺得有點語拙詞窮，所以劇本很多時只能寫出那場戲的事件設計及人物片面的感情變化，例如我們會在劇本裡找到很多形容感情反應的字句：「強忍傷痛、頭也不回地、冷冷一笑、胸有成竹地、開心雀躍…… 等等」，表面上看似簡單而清楚，但請大家閉目想想怎樣去演「強忍傷痛」—— 程序是演員必須首先明白傷痛的來源、傷痛對其造成的影響、感受傷痛後的反應，為什麼要強忍這傷痛、怎樣強忍這傷痛、強忍傷痛後又會產生一個怎麼樣的反應……，單單四個字就需要演員去「填補」無數的思想程序，才能達至一個完美的表演。我們經常開玩笑說編劇想整蠱導演是很容易的，那場戲只需要寫八個字，導演就足夠忙一個星期，這就是：「千軍萬馬，大戰連場！」

有時候演員所提議的改動與劇本本身的設計可說是不相伯仲的，往往像是非題中的正負之選，機會都是均等，五十五十之分。例如男女主角在死別之前是活得開心或是活得淡然，出來的效果也是難分高下的，因為前者可令觀眾留戀主角生前的快樂片段，惋惜主角死別的哀痛；但後者又可令觀眾深深感受男女主角的樂天知命、豁達淡然，生死與天地共融的層面，令觀眾懷念主角死後仍存留在空氣之中的情意。

演員的提議若然自信能夠驚天地、泣鬼神的，我覺得應該多多提出研究的，因為電影與電視發展了那麼多年，真真正正在「大橋」（故事大綱）上的變化可說是所剩無幾，總離不開男人與女人、年老與年輕、朋友與敵人、人與動物、動物與自然的故事，問題只在於我們怎樣從被遺忘的細節中找出新趣，怎樣從人性的深處中找尋我們未知的世界。

演出可被獨立評估

喜劇與悲劇，誇張與含蓄，充滿矛盾的效果能否放在一起呢？演員演出一個角色時，能否既有喜劇感又同時賺人熱淚？這真是一個可堪玩味的問題！

之前有一個很有趣的觀影經驗，片段式看了韓片《醜女大翻身》（2006）的最後結局幾場戲，女主角在台上坦誠表白自己曾經整容及整容之後所經歷之心路歷程，包括提及不認自己的親生父親、與好朋友反目、被心愛的男人嫌棄，叫觀眾看得非常感動。因為演員演得出色，言詞感人，感情真摯。

那場戲的設計確是精彩，演員的感情包含了對親情、友情、愛情的反思，更重要的對自我形象價值的重新定位。因為這是每個人都要面對的問題，關乎自我的肯定。演員的投入演出，令觀眾都會認同自我價值的重要，從而反思自身的人生路，包括價值觀有否出錯。這是一個好演員與一場好戲帶給觀眾的一個正面效果，這場戲演員的演出可說是無懈可擊。

但當我再次從頭到尾把整個戲看完後，又覺得那場戲給我的感覺，比不上我第一次觀看時般感動。因為從開首第一場，女主角還是肥妹一名時，導演就利用她的滑稽相製造了很多喜劇情節、攪笑效果。而過程當中，實在有點忽略了男女主角的感情關係，男主角知道女主角整容後的忐忑不安及心態轉變，亦交代得不清晰，所以當整體觀看的時候，效果就大大打了折扣。

奇怪的是，當單獨看女主角的真情演出時，依然是感動和覺得精彩。這說明了兩點：演員與對手的交流及導演的描寫固然直接影響觀眾接收訊息的感覺，但演員本身表演的魅力是可以獨立被評估的。即使導演的拍攝手法及劇本鋪排不足，演員依然可通過自己在角色的安排及統一，完全體現一個有血有肉的人物，從而感動觀眾。

導演、劇本與對手的演出等客觀因素確是難以控制，演員唯一可做的工作，就是要完善自己的角色。所以在頒獎禮當中，獲得最佳演員的戲未必一定會同時獲得最佳電影或最佳導演等獎項。排除所有客觀因素，追求一個完整的演出才是一個演員的目的地。

性格逆轉的演法

演員演出時是可以被劃分成很多個部份來研究的：每一個反應、反應的時間、反應的轉變、轉變中的過程、過程中的表情動作、表情動作的表達……等等。所以，演員在一場戲內的表現是由「千百個細小的演出單位」所組成的，要判斷演員是否演得出色，就要看他在演出中「千百個細小的演出單位」是否做得精密無瑕！當然，以上屬於理論上的研究，理性的分析，好讓演員能夠從他人的表演中汲取養份，幫助自己去分析設計及提升自己的演技。但說到底，演員演出的好壞，還是離不開一個字——「真」！

好的演出固然可以給我們看得賞心悅目，獲益良多，而不好的演出有時亦是一種啟發，讓我們明白問題所在，及避免犯錯。基本上，每套戲、每位演員都是值得我們去細心研究的，例如在《蜘蛛俠3》之中，演員有些演出的點子還是可以提出來供大家參考的：男主角的反派同學一開場的態度是充滿仇恨的，因為他認定是男主角殺了他爸爸，他的演法是面無表情，目露兇光，不帶一絲笑容，繼而是安排一場他狠狠地攻擊男主角的戲，整個安排是直線而行的，好讓觀眾及男主角都感受到他的威脅及危機，但當他被男主角打傷昏迷，並在醫院甦醒之後，這角色就好像失憶一樣，什麼都記不起來，因而讓觀眾及男主角都深感疑惑，到底他的改變是真的還是假的呢？背後又是否隱藏危機呢？

那麼這名演員用什麼方法來演繹他的轉變呢？他在病床上看到男主角的女友到來探望自己時，即露出一個天真無邪的笑面，猶如

一個無知的小孩一樣。這一刻，觀眾也會在想到底他是否真的有個徹底的改變？之前的陰深木訥，到現在的天真笑容，形成強烈的比較，效果就顯而易見了。

作為演出上的重點，通常安排一個 180 度轉變的演法，強烈的對比是會帶出一個戲劇性的效果。若然演員表現的效果與劇情上安排的效果，互相能夠配合得好，就較容易達致令觀眾明白角色的情緒、態度和轉變背後的意義了。

技巧只是通往觀眾
內心的橋樑

一直以來，所謂「好演技」都是用來形容藝術性較高的演出，或是演員要演一些賺人熱淚、情緒大上大落、心態無比複雜等的角色，於是商業娛樂片的演員，往往與各電影頒獎禮的獎項無緣。我們會問，「感情戲」與「激情戲」可是考驗真正演技的唯一方法？

在一些演員訪問中，有時會看到節目主持們出題去考驗演員，諸如：請做出「喜」、「怒」、「哀」、「樂」四個表情、請在最短的時間內流出眼淚。以往我亦有過類似的經驗，但基於個人修養及作為嘉賓的禮貌，真的很難向他們說出心底裡的一句真心話——無聊！

相信很多觀眾都有類似的經驗，演員在鏡頭前哭得死去活來，而觀眾卻沒有一點感動；演員在鏡頭前笑得人仰馬翻，而觀眾卻看得呆若木雞。把容易流眼淚的演員就看成是「好演員」這個定義，真的值得我們再三深思。其實劇情需要演員真實哭出眼淚的場口及時間，佔整體演出該戲的時間不出百分之五，換句話說，演員演「感情戲」拿滿分（一百分），亦只能在整個角色的演出中拿取五分，假若演員在其他場口及演出安排上不斷犯錯，那麼，這次演出就註定要一敗塗地了。更何況有些演員只是流淚的機器，他們的眼淚是沒有半點感情的，所以，要感動觀眾還得看演員的內心，而不是光看演員表演的技巧及表象，技巧只是表達內

心及通往觀眾內心的一道橋樑，而不是目的地。

看了一部商業片《鷹眼追擊》（*Eagle Eye*, 2008），全片緊張刺激，演員主要的演出情緒是緊張與驚惶，箇中精彩演出令人感同身受，叫觀眾如同是自己在經歷那些驚險事情一樣。我觀影後才驚覺，原來緊張的情緒也是很難演繹的，要演得真實，演員需要做很多分析及研究，拆解「緊張」的心理過程，以了解導致的行為及表情；演員演出時亦要同時促成生理狀態的一致，如呼吸的急促、肌肉的抽動等等。大家有否留意有些演員在做「緊張」表情的時候，只是刻意在抽動心口的起落，在特寫時安排幾下震動嘴角的肌肉，這些演出，有時頗有喜劇效果呢！

其實人的情緒還有很多很多種類，要每樣都做得完美真是談何容易，所以，要追求一次完美的演出可能真的要窮一生的時間。

「動作和內心的配合」程式

演員要搭通內心與外在動作的橋樑並不是一件容易的事。在日常生活當中,內心與外在動作的溝通和配合是很自然的程序,每個人都會先有某個「想法」,然後才會有某個動作;先有某些「想說的話」,然後才會開口說話。

這點是非常關鍵的,這樣的邏輯程序,在一位心身正常人的生活中是不會被搞亂的,所以,生活的動作是不會存在不協調與不自然,因為所有運作由生理到心理,身體中的機能都自然地安排妥當,不會出錯,若然出錯,即表示這人的身體已經發生毛病,需要尋醫診治了。

當演員演戲的時候,就是要面對這個天大難題的時候,以上所說的那個邏輯程序,剛好被翻過來重新安排,因為我們有的是——劇本。請大家想想,劇本中會寫明演員需要做的動作和演員需要說的話,這情況就好像是,當演員未有「想法」,已經知道要做的動作;當演員未有「想說的話」,但要說的話已清清楚楚地被寫在劇本上,這亦可說是有果而未有因,有地面上的樹幹而未有地底下的根。劇本中要說的對白可能很短,但對白背後的動機卻千絲萬縷,可能關係到角色的前因後果,甚至未來劇情的推進,但劇本中的篇幅始終有限,編劇們總不能在每句對白之前,都加上幾頁紙的註解,來解釋為何要說那句對白;而說那句對白時的生理變化及邏輯程序,就更加需要演員去自我安排了。

沒有人比演員更明白自己身體的協調和控制，就這方面來說，演員本身就要作出無數的事前準備工夫，收集無數的「動作和內心配合」的程式，務求做到當劇本要求演員說的每句說話，演員都可找到它的心理根據和生理程序，從而令到演出時所說的每句話，就好像我們平常生活中的真實情況一樣。

其實，從一個演員說話的節奏，有時候亦可以看得到其演出時小小的誤差，有些演員為了清楚地說出對白，會安排一些無謂的停頓或語氣，來作為一個緩衝和休息，但這些停頓或語氣很有可能跟常人一般的語法有所不同，這樣就會暴露了演員一些不真實的演出技巧；然而，什麼是真實的說話節奏呢？這又是另一個值得我們再三研究及探討的問題。

從大腦分析到動作邏輯

思維是演戲的靈魂，身體是演戲的工具，空有好的思維、創新的想法，而沒有表達的工具，再努力也是徒勞無功。訓練班老師曾引用過某戲劇大師的名言：「演員是動作的大師」，當中所說的動作，我相信包括了外在和內在的，甚至是眼球裡面微小的肌肉動作、面部每分肌肉和細胞的動作，串連以上所說的種種動作，才構成了一個簡單的表演。所以，控制自己的身體、肌肉、細胞就成為了演員的基本功夫。因為有了一個能夠完全操控的身體工具，演員才能將要表達的意思，正確無誤地傳達給觀眾，令觀眾明白角色的所思所想。

很多演員習慣去設計演出時的動作，但有很多人不太明白，動作要有內容、要背後有所想才能有所動；不要以為機械式地做出「認為有表達力」的動作，觀眾就會明白演員的意思。演員的動作必須要由內心去指揮，這動作才是「真真正正的」、屬於一個「人」的動作。除非你想表演的是一個思想與動作不協調、精神有點錯亂的人物；否則，明白內心發出指令的時間性，與做出動作的時間性，兩者的緊密配合及意思，就變得無比重要了。

好些演員是明白角色內心意思的，但演出時卻是雙目無神、眼定定的樣子，這就是動作未能配合內心的明顯例子。<u>演員本身「以為」自己的內心已經是感情澎湃，但外表卻完全不被看到，因為很大程度是，他還未有完全掌握到由內心到外在動作的一連串生理上邏輯過程。</u>這過程就等同當有東西突然碰到你的手，手的神

經會首先收到訊息，這訊息沿著你肌肉的細胞一直傳上大腦，大腦作出了分析之後，會再下達指令，通過身體的肌肉細胞，傳到你的手，通知它立刻閃避或作出反應。

其實，以上所說的生理反應過程，在邏輯上，是可以應用在所有身體動作上的，包括所有內心指揮身體的動作上、所有肌肉細胞的動作上。人類的思想動作一定是有根有據、有跡可尋的，要成為「動作的大師」，演員就必須要找出自己身上，由內心通往動作的路徑，及由外在身體傳達訊息到大腦的邏輯過程。

不作反應的真實

現實與戲劇到底有什麼分別？真人與角色之間又存在什麼差異？
真人的真實生活與角色的生活感覺又如何相連呢？大部份的戲劇
都是想把真實的生活重現，所以，找出由生活中提煉到戲劇中的
元素，和在戲劇中表現出生活的橋樑是相當重要的。

經常思考一個問題，在戲劇的世界中，是否需要「特別」利用技
巧去表達人的生活呢？因為在日常生活當中，我們是「沒有」想
過要去「表演生活」的，每分每秒，或遇到的每一件事，都不能
夠事先知道和事先設計反應，我們都是很被動的接受事件的發
生，既然是這樣，那麼我們在戲劇中演出的時候，是否什麼反應
都不去做，只是真實地「接收訊息」呢？依這邏輯推論，就是演
出不在於「接收訊息」後所作出的反應及答案。要表達角色，不
在於「表演」反應，而是表演「反應」後所作出的「回應」。但
問題亦因此應運而生，我們在演出中不作反應，只是感受，觀眾
又能否明白角色的心態呢？

拍戲的時候，導演很多時都會要求演員去做「一個反應」，特寫
拍攝演員面對一件事的「一個反應」，「看到」或「聽到」的「一
個反應」；其實，「看到」的反應應該就是「看到」，「聽到」的反
應亦應該就是「聽到」，演員只需真的在「看」和「聽」，這個
反應就已經是完成了。

所以，演員要做的應該是「看到」和「聽到」之後，角色的思想

變化，思考過後得出答案而作出的「回應」。很多演員在做「看到」的反應時，喜歡把頭抬一抬，即使要「看到」的東西就在前面；而做「聽到」的反應時，又喜歡把頭側一側來表示「聽到」，其實大家細心一想，我們的耳朵是不需要頭部的動作來配合，也可以聽到四方八面的聲音的，甚至聲音從我們背後傳來，我們也可以聽得一清二楚，只要我們是真真正正在聽，這「聽到」的反應就已是大功告成了。

演繹《畢打自己人》社長的角色時，有一個很大的考慮，就是如何表現一個在觀眾身邊存在的真實人物和他的真實生活，著重於角色的感受多於表達，不需要刻意，而只是默默地過著日常的生活，對我來說，這其實也是一個試驗。

收集情緒記憶

曾經聽説過，人是用自己的語言文字來思考的，中國人用中文來思考，英國人用英文來思考。這令我想起在戲劇上經常用到的一個專有名詞——「潛台詞」。

我們應該是用中文來組織「潛台詞」的，但演員的「潛台詞」又是否真的是一段台詞，又或者是有條理有系統的一段説話？我看這情況並不是必然的。人的思考有時是雜亂無章的，特別是有些問題，是在毫無預備的情況之下突然出現，思考的方法可能是東拉西扯，這時除了用文字語言來思考之外，可能還需要用到影像來配合組織，讓你思考的時候，可利用從前曾留下過的資料印象，來總結和回應。來到這裡，又令我想起另一個問題，人是用什麼來記憶的？

戲劇中的另一個專有名詞——「情緒記憶」，意思是演員必須要記下曾經經歷過的情緒，當演戲時遇到雷同的情緒表演，就可即時把自己的經驗情緒套入到角色之中，從而捕捉到角色的真實感覺。但要「記憶自己的情緒」這講法，實在有點空泛，情緒是在心裡的一些感覺，有時是轉瞬即逝的，那麼，我們如何把它牢牢記住呢？我有一個想法，人們應該是用影像來記憶的，因為很多影像是通過我們的眼睛，留在腦海裡，情況就好像通過鏡頭，留在菲林底片一樣，影像的留下可能是一生一世的，當有需要的時候，相關的影像就會重新浮現。

所謂的「情緒記憶」，有很大部份應該是連帶影像與情緒一同被記憶下來的，從前的影像、或與影像相關的資料、或在影像出現時的氣味……等等，都是「情緒記憶」的一種。<u>要懂得利用種種「情緒記憶」，投放進演戲世界裡，讓角色借助真實的情緒重新活起來。</u>

緊記著真實世界的思考程式是錯綜複雜的，演員不應被一些演戲理論或專有名詞所綑綁著，「盡信書不如無書」。人類的思考模式，遠比我們文字所能表達的，要複雜千倍，演員必須要時刻監察著自己的言行，才能找出表演真實的秘訣。

我感覺得到

演戲中另一個難以說明及觸摸的元素就是「感覺」，一個非常抽象的名詞。什麼是感覺？感覺能否被看出來？感覺有沒有生理變化的促成？怎樣啟動感覺這個總掣呢？

米高積遜在《This is it》的其中一段是這樣的：導演安排了一些片段在舞台熒幕上出現，之後就到米高緊接下去的表演，米高希望自己在背向熒幕的位置站著，直至片段完畢，他就開始演出，但導演說，假如他站在該位置，將會看不到片段何時完畢，亦不知道何時開始演出，這時，米高沉默了一會，然後跟導演說：「我應該感覺得到。」

「我應該感覺得到」這句說話真的深深地打進我的內心深處，令我感動至深。「我感覺得到」是一個表演者與整個表演水乳交融的自信。

很多演員在演出的時候，都忽略了那「感覺」的重要性；感覺對手真的存在、感覺自己真的存在、感覺現場環境的氣氛、感覺整場戲應有的節奏、感覺戲裡所有的⋯⋯

從前，假如要在一場戲的中段才進入場景的時候，我們會全神集中去聽那進場前的對手的最後一句對白，然後「感覺」到進場的適當時間，就踏進場景當中開始演出，久而久之，演員就培養了「感覺」整場戲的氣氛及節奏的習慣和能力。但現在很多演員都

放棄了訓練自己這方面的能力，進場的時間都要場務提示，白白浪費了培養把自己融入戲中節奏感覺的機會。

不要小覷這小小的習慣，因為經過長時間的鍛煉，演員就能夠從感覺這適當的小小位置，到感覺到整場戲的適當節奏，再到感覺到由戲轉為真實的情況。

有一位觀眾朋友對我說，很喜歡《畢打自己人》裡面的「社長」，因為她感覺到社長的處境，那種身份及面對的無奈，就好像她有時候的處境和心態，或她觀察到她身旁某些人的感覺。

演社長的過程一直都是著重「感覺」多於「表演」，因為我相信社長能感覺到的，就是觀眾能感覺到的，社長與觀眾是一同感覺，一同經歷，一同存在於某個空間。

感覺由感情豐富開始

最近有幸參與了公司新聞部同事的聚會，會上暢談甚歡，互動交流，其中有位同事的問題令我再三反省及深思，這問題就是演員是否需要感情豐富？其實一個這樣老生常談的問題，為何會令我深思呢？「感情豐富」這四個字，看似簡單直接，其實當中蘊含了很多很複雜的意思，值得演員們好好思考。

「感情豐富」中所指的感情其實是包括愛情、友情、親情，甚至是人對大自然的情、對動物的情⋯⋯等等，所以演員的確需要有豐富的感情，但有豐富的感情之餘，我們又如何對待我們的感情呢？如何把感情連接到演戲的層面呢？這些都是我們要深思的問題。

<u>演員需要對處身的環境有感覺，因為環境會影響角色的反應及表現，環境給角色壓力的同時，亦會同樣帶給觀眾壓力。演員要演得讓觀眾感受到角色身處的環境氣氛，這才能把觀眾帶進戲中。</u>

每當天氣轉涼，秋意漸濃之時，晨早起床把窗戶打開，總會嗅到一陣秋天的氣味撲鼻而來，整個人頓時感覺到那份秋天的浪漫，微涼的蕭殺，就像是一葉知秋，盡在不言中。人對大自然一樣要有情，這樣才能把角色與大自然環境的關係，及角色處身其中的感受表達出來。在演出《楚漢驕雄》的時候，我飾演的韓信往探察九里山地形之時，那段戲就只有韓信一個人在做，與他交流的就是那片廣闊的土地，演出的時候，必須要對那土地有感覺，

對那地形有相當的想像力，再加上幻想於那片土地上怎樣圍攻項羽，殺他一個措手不及。種種元素加起來，將韓信深信可於九里山上，把項羽圍攻的訊息傳達給觀眾，讓觀眾都深信韓信這個想法的可行性，同時亦相信項羽將要面對危險，這樣觀眾就會有追看下去的興趣。

<u>演員對身邊所有的人、事和地都應該要有情，沒有情懷的演員是很難把人世間的悲歡離合表達出來的，喜怒哀樂亦需要演員本身有深切的體悟，才能把種種情感拆解，再滲進戲中，讓觀眾於不知不覺間，與演員同喜同悲。</u>寫到這裡，忽然間想起一句詩，「天若有情天亦老」，有情的天也都像凡夫俗子一樣，隨時間的消逝漸漸老去！

觸覺資料重組

最近參與了一個介紹道教的節目，當中有一個頗為有趣的環節，就是要學習如何做一個道士。那當然就要學習一些道教的儀式了，其中一個儀式就是很多人都會提及、或曾經看過的「破地獄」。

穿上道袍，置身於其他道士及儀式的佈置當中時，那環境給予人的感覺是那麼富有質感。眼下所見是用泥沙圍成一個大圓圈，圓圈之內的九個方位，包括東、東南、南……及至中，每個方位都放有幾塊瓦片，而每方位亦代表了一個地獄。跟著當中最高功力的一位道士帶領，大家一齊誦唸經文。接著，那位最高功力的道士要打破每一塊代表不同地獄的瓦片，象徵把那所地獄之門打開，然後入內把亡靈帶上人間。一個紙造的靈位代表那亡靈，中間有一條木造的小橋，道士用手杖把那靈位提起，再經過那木橋重上凡間，靈位再被安放道壇之內，聽經學道，以祈求能夠痛改前非，來生再好好地做人。

老實說，當時置身其中，看著那些代表性的地獄、亡靈與木橋，聽著道士們誦唸經文，嗅著道壇上點燃的清香幾炷，人的感覺都頓時變得實在，彷彿也像跳進地獄之中，親歷其境。

當人的三種觸覺都在傳達著同一種信息進入大腦時，眼前所見是真還是假，是虛還是幻，已經不再重要，重要的是大腦會把所有資料重新組織融合，變為大腦中的真實。

這剎那的感受令我忽然墮入沉思，演戲的空間是否就如這般一樣？先誘發人的觸覺，再傳入大腦，讓大腦管做那種戲劇的真實。然後，再反過來讓演員感覺那就是如同現實的世界，演員就可如活在當下——自然、自由、自在地生活。

其實這狀態就像傳統演戲的基本理念：真聽、真看，再加上真正的嗅到。但相信很多演員已經忘記了這種演戲的基本狀態了，很多人都把注意力集中在「表演」的一環上，而慢慢忘記了「感受」這一環的重要性。

各位偉大的演員們，請不要忘記：人是要先有感受，才會決定如何去表達自己的想法，才會有各式各樣的表演產生啊！

「通感」的演出手法

不同的環境都會帶給人不同的感受，不同的感受會觸發人不同的反應。演員的感受亦會帶動觀眾的感受，令觀眾同如置身角色的世界中去生活。

童年時，某個深宵時份突然發高燒，當時私家門診經已關了門，於是父母只好把我帶到公立醫院的急症室求醫，還記得當時去的醫院是全九龍最繁忙的伊利沙伯醫院。當我去到醫院門口時，只見救護車來來往往，救護人員跑來跑去，很多病人都被抬進醫院裡，當中有些更是鮮血淋漓的，可能是交通意外，亦可能是被斬傷⋯⋯

踏入醫院時，撲鼻而來的是藥味及漂白水的氣味。而當我呆坐等候見醫生的時候，總覺得空調特別的冷；周圍總是靜靜的，沒太多聲音，旁邊坐著的、路過的，都總是木無表情或愁眉不展的人，這是現實中的醫院給我的感受，但亦是我從沒有在電視劇中看到的醫院感受。因為所有醫院佈景都是在錄影棚內搭建，當中自然缺乏了真實醫院的質感，而更缺乏的，是那份醫院的氣味，所以，演員置身其中亦很難演出那份感覺，特別是醫院中的那份冷漠。

感受除了來自視覺、聽覺，還有嗅覺。有很多氣味是會觸發人特別的情緒的，從而影響人的反應及作出的行為。例如嗅到醫院的氣味，會令人感覺到那份冰冷及恐懼；又例如嗅到某些人欲嘔吐

的氣味時，又會令人天旋地轉，頭痛欲裂……等等，所以，千萬不要忽略演戲時嗅到環境的氣味，因為它會直接影響演員身體的狀態及作出的反應。

演員置身搭建的佈景棚當中，最缺乏的就是嗅覺的刺激。演員必須要運用想像力去補足這方面的刺激，從而令演出更加豐富及像真，亦更能找到一個合適的狀態去作正確的演出。

《畢打自己人》中的實境咖啡室，是個很常用的場景，置身其中，撲鼻而來的咖啡香味，已有一種令人感到舒適休閒的感覺，再加上坐進那柔軟的沙發中時，放鬆的狀態悠然而生，整個人的節奏都好像慢了下來，在如此實境拍攝下，演員演出時的感覺是有所不同的，不知觀眾有否察覺得到呢？

同理心的力量

很久以前，我已經開始思索，為什麼動畫與卡通裡沒有真正的演員演出，只靠一些沒有真實感情的「公仔」，卻可做到賺人熱淚，引人發笑，產生共鳴甚至令人懷念的效果呢？

能夠觸動觀眾情緒的，有很多種方法，其中一種較為常用又很多時用在動畫卡通中的方法，就是挑起觀眾自身的情緒。每個人都有其獨特的故事，都有埋藏心裡不為人知的感情。演員可以通過自己的感情來觸動觀眾相雷同的感受，這是人類一種很奇妙的共通性共鳴，亦類似所謂「同理心」。就是當你看到某人為某事情傷心的時候，你也會感同身受，為同樣的事情而傷心；又或者令你「想起自己相雷同的事情而傷心」。

觀眾看到演員傷心而傷心，這是較容易理解的。然而觀眾看到一些沒有真實感情的「公仔」傷心而傷心，很大部份原因是因為「公仔」引起了觀眾「想起自己相類似的事情」。

很多年前的日本動畫《再見螢火蟲》（1988）裡，描繪戰亂之中的一對小兄妹，流離失所，飽受飢餓之苦，其中一幕，哥哥把水倒進一個糖罐內，再倒出來讓妹妹喝些帶點糖味的水，那糖罐是我們童年時常常看到在士多出售的一種，當看到這場戲的時候，觀眾也會跟電影中的妹妹一樣，感受到那喝進肚中的糖水味道，亦深切體會到妹妹所身處的困難境地。

在動畫《沖天救兵》當中，也有同樣效果的安排，當卡叔翻看太太留下的那本歷險旅程記事簿，鏡頭從他們相識到結婚，相處到白頭終老，可是當下，老伴已離卡叔而去，剩下他睹物思人，相信這段戲，總能令到一些曾經感受「睹物思人」這情緒的觀眾產生共鳴；又或者會令一些失去老伴、父母、親人的觀眾感同身受。而到尾段，羅小飛終於如願以償獲得最後一枚童軍徽章，但他的爸爸卻未能出席，卡叔最後以契爺的身份代表為小飛戴上徽章，相信每位關愛自己的小朋友的父母，那一刻，心頭都難免有一陣心酸的感覺。

戲假情真

想說說自己專欄的欄名——「戲假情真」。多年前，已故歌壇巨星羅文先生曾用此名為大碟名稱，而點題第一首歌就是《戲假情真》。這四個字在我心中真的活像有萬語千言，訴說著演戲時真真假假的千般矛盾，低迴著演戲世界裡的萬般情結。

戲假而情不能假。情假，戲就變得無味；情真，戲就變得真；戲真，演員的情就更真，互為因果！

「戲子無情，台下有義，到了曲終不再知。」台下有義的戲子，上台之後變得真的有情，台上演活的戲，到底是角色的真實還是演員本身的虛假？下台曲終之後，真假難辨方向，是演員演活了角色，還是角色借演員重回人間！？現實中遭遇的情節有時比戲劇中的情節更戲劇化，而有些現實中的巧合，如果被用在戲劇裡面更可能會被罵得狗血淋頭；反過來說，有時戲中所描寫的，演出時所感受的真實又確是會令人霎時一呆，彷彿是演員曾經經歷，就像昨天發生過的事情一樣。

總覺得演戲是探索人生的一條路；在這條路上，演員要不斷地發挖自我，把藏在心底的真情、收在背後的經歷、早已遺忘的故事都一一放到眼前，重新編寫、重新註釋，再將之全部出賣，賣給收買靈魂的魔鬼，再塑造出一個又一個有血有肉的角色人物。

人說人生如戲，人生中無盡的尋覓，試圖找出真相，活出意義，

但最終何為真、何為假？有時真的會令人茫然若失！物質的擁有，觸覺的認知，感官的享受，切切實實，但有時又轉瞬即逝，春夢了無痕，富貴如煙！

戲如人生，千世情劫，飽歷滄桑。故事情景往往歷歷在目，血肉模糊得令人心寒。午夜夢迴，還在吟詠著戲中的對白，記掛著戲中的人和事；輾轉反側，墮落在黑夜迷失的靈魂，無家可歸；一點一滴的血和淚濺上心頭，揮之不去！

虛擬的演戲世界與身旁的現實世界難分真假；都市人的虛偽與演員的真情更加是複雜難辨。很久很久之前曾經在一篇文章中，看過以下的一段文字——「不要相信；總之，不要相信，今生今世，只是個戲子，永遠在別人的故事裡，流著自己的眼淚。」

語言的局限性

最近看到一些朋友對這專欄裡我撰寫演戲的文章有些誤解，方才使我覺得，文字語言是溝通的途徑，但有時也是溝通的障礙，更何況當我們要討論的，是一種難以言喻的、抽象的、講求感覺的演戲理念。

有些演戲理念及想法有時真的很難用文字一一表達清楚，而有些感覺又必須要用很多複雜的形容詞才能說得明白；有些更難表達的意思，有時可能會找不到最準確的形容詞，而只可用較為接近的講法去表達，這可能跟我原來要表達的意思還有一點距離，但在沒有其他表達途徑底下，只能勉強接受採用。

我一直強調的演戲理念，就是要接近真實，從心出發。演員要表現出角色的心態和行為，再由行為導致效果，由效果導致角色的際遇。通過這些過程，足讓人反省反思，有關人性的無常、人生的因果關係，從而看透世情，讀懂生命。

演員希望讓觀眾看懂角色的一切，總不能單憑以對白、獨白說出角色的內心，即一切訴諸言語的方法；有時也需要「以心傳心」，一切盡在不言中，讓觀眾自己去感受。演員必須要用多種演出的方法「說出」角色的一切，說的過程必須要經過一些細緻的設計及手段，當然到最後，是希望表現出角色最真的一面，從心感動觀眾，讓觀眾與角色同步經歷人生。

內心是我們看不到但感受得到的，而外表則是我們看得到及分析得到的，所謂「以形促心」的演戲理論，就是用外在的動力帶動內心的感受反應，來做到想表達的效果。例如，心臟肌肉是不隨意肌，我們不能叫心臟跳快點或跳慢點，但我可以用控制加速呼吸來令到心臟加快跳動，這就是「以形促心」，從外到內的一個最佳例證。

我寫這些文章的原意及出發點，是希望通過研究及觀摩不同演員的演繹，嘗試分析及拆解演員所用的方法，當中有些什麼優點和缺點。而我相信有些演員演出的時候，根本沒有想得那麼仔細，他們只是設計了一些大概的想法及做法，當演出的時候，有些即興及神來之筆的演法都是隨心而至的。但假如我們討論演戲的時候，只是講求隨心、講求感覺感應，其他人又怎可以明白箇中奧妙呢？而演員又怎能有具體而實在的方法可依，來改善改進呢？

演員的開放思維

古語有云：「盡信書不如無書」，這用在演戲上真是最貼切不過，因為演戲不能用公式來衡量對錯，不會有模範答案。有些演員熟讀戲劇理論，每部份的演出都有一連串理論支持，然而演出卻不外如是；而有些演員什麼戲劇訓練都沒有，亦沒有任何理論作為演出基礎，但卻渾然天成，全身是戲。其實，演員是要有理論基礎好，還是沒有理論基礎好？是天份重要，還是後天努力重要？

演戲最終的目的，就是要好好地演繹一個人物角色，要令到觀眾相信這人物角色的存在。這不難發覺，「真實」這兩個字的重要性。因為假如觀眾看到的是一個他認為根本不存在的人物，那麼，這人物的一切行為思想，對他來說根本就毫無意義，亦不會引起他內心的共鳴，更遑論會關心這人物的際遇命運，而演員的演出工作亦等同白費。

要真實地演繹一個角色需要很多劇本上的資料安排及劇情推進，演員的工作部份，就是要將劇本上的文字化為影像，將虛構或理想化的人物劇情，變為有血有肉、有情有義的真人真事一樣。演員這工作的過程，就是要把自身知道的真實生活感覺，過渡到戲劇世界裡面，亦要反覆判斷戲劇上的虛假與現實生活的差距，盡量把兩者的差距收窄，直至將劇情化作真實為止。這當中自然需要演員有相當的生活體驗，對生命有相當的認知、對人生有一定程度的想法，才可以把旁人覺得虛構的劇情注入生命，這是演員在思維上的工作，需要有相當的時間，才可以建立成為自身的修

為。演員的思維是影響一個演員成功與否的重要因素，同一個角色落在不同的演員身上，就會幻化成不同的人物，這人物能緊扣觀眾的內心，還是輕輕地被忽略過，很大程度是決定在演員於角色當中，投放了多少個人豐富的思維。

經驗是有限的，而思維卻是無限的。演員要不斷進步，就要不斷把思維的領域擴闊，有些人是通過理論去推敲研究，舉一反三地把思想擴闊；而有些人卻能從現實生活中反覆體味人生，從自己的每一步觀察到造物者的安排，看透生命。其實，殊途同歸，通過理論或現實體驗，都能把角色化為有血有肉的人物，關鍵在於我們的內心是否能夠敞開，達至融入戲劇中的境界。

不斷提問，永遠向前看

時光飛逝，不經不覺和大家分享及探討演戲已經有一段時間，不是要在這裡去教導大家如何演戲或如何欣賞演戲，只希望可以把過往的經驗、演出時遇到的難題、觀察他人之後的反思，一一提出來，讓有興趣的朋友參考，而更重要的，是希望提起大家對「演戲」的興趣，更希望這是一個討論的開始，而不是一個演技的終結。

「演戲」是真的需要不停地注入新的思維及元素，因為人類不停地變，社會和世界都是不停地變，作為探討人類思想行為的工作——「演戲」，自然應該每日都被更新，從人的行為到人的思想，從行為的特色到思考的方向，從個人的價值觀到大眾的認同感，日新月異。

想得到答案，就需要提出問題。不要光想著答案的重要，提出一個有價值的問題，才是得到一個完美答案的第一步。找出他人演出的問題，找出自己演出的問題，因為問題背後永遠有個答案，當然，答案背後亦會有另一個問題，如此類推，只要你提出一個又一個的問題，就會找出一個又一個的答案，經過時間的累積，你就會擁有屬於你個人的無數答案和演出方法，甚至你個人的演出資料庫。

每一代人的「演戲」方法都多多少少帶有那年代的特色意義，有些前輩演員的演法，在我們今天來看會覺得老套；同樣，我們今

天的演法，多年後亦會被視為陳舊，今天的演出方法，明天可能已經用不著，所以，被人淘汰之前，先把自己淘汰。演員必須要保持著一種永遠向前望的心態，過去了的成功，過去了的演法，就讓它永遠過去，最好的演出方法永遠在我們前面。但無論演法如何轉變及改良，演員要演出的，始終是人類那份最難能可貴的真情，所以，演員一定要好好保留自己埋藏心底裡的那片赤子之心，用演員的真情見證人世間的悲歡離合，讓演員的真情感動所有的觀眾朋友；在同一天空之下，通過神奇的空間、微妙的交流，一同生活，一同呼吸。

遙望夜空，點點星塵，閃耀銀河的星光，也許已消失在百萬光年之前。觀眾看到的戲，雖然是假，但演員的情，卻歷久常真。

責任編輯	陳玉
書籍設計	嚴惠珊
訪問	羅展鳳
錄音整理	梁健彬

書名	戲劇浮生：黎耀祥論演技與人生（增訂本）
著者	黎耀祥
出版	三聯書店（香港）有限公司
	香港北角英皇道 499 號北角工業大廈 20 樓
	Joint Publishing (H.K.) Co., Ltd.
	20/F., North Point Industrial Building,
	499 King's Road, North Point, Hong Kong
香港發行	香港聯合書刊物流有限公司
	香港新界大埔汀麗路 36 號 3 字樓
印刷	中華商務彩色印刷有限公司
	香港新界大埔汀麗路 36 號 14 字樓
版次	2010 年 1 月香港第一版第一次印刷
	2015 年 11 月香港增訂本第一次印刷
	2016 年 1 月香港增訂本第二次印刷
規格	16 開（168mm × 230mm）216 面
國際書號	ISBN 978-962-04-3878-3

© 2010, 2015 Joint Publishing (H.K.) Co., Ltd.

Published in Hong Kong